コウモリから手紙を受け取って読んでみると。
——戦争に参戦することになった。リュウトより。
「なんで……なんで街に
買い物に出て、戦争に参戦する
ことになるのよっ!?」

「サフィ、いまのままだと、どうしようもないです……
なにもできなくて、この村の邪魔者で……」

弱点ゼロ吸血鬼の
領地改革
Jakuten Zero
Kyuketsuki no
2
著 純クロン イラスト だいふく

第1章
3 吸血鬼、聖魔法を利用する

第2章
43 吸血鬼、街に出る

第3章
81 吸血鬼、戦争に横入りする

第4章
119 吸血鬼、フグの肝を食う

第5章
165 吸血鬼、村をまとめる

第6章
225 吸血鬼、諸悪の根源を倒す

第7章
263 吸血鬼、吸血鬼狩りを狩る

第8章
289 吸血鬼、村の問題が解決する

第1章

吸血鬼、聖魔法を利用する

俺は五百年以上生きる吸血鬼・シェザードに魂を召喚され、彼の体に転移して無敵の吸血鬼となった。その後、イーリに出会い、行き当たりばったりでドラクル村を経営し始めてから数カ月後。

短い期間ではあるが、思い返せば色々とやったなぁ。

村人たちと親交を深め、養蜂場を作り、吸血鬼たちが住むための地下室も掘った。

順風満帆とは言わないが、徐々にいい風が吹いてきていた。さて、これからという矢先でベアードという上級の吸血鬼が、他の吸血鬼を引き連れドラクル村を襲撃した。

練習していた聖魔法をぶっ放すことですべて撃退したが、もっと吸血鬼と人が分かり合える道はないのかと少しションボリもした。

だが、ここで諦めてはいられない。まだまだ先は長い。自分のなかでの反省点やこれからの展望を胸に抱きつつ、先を目指すぞ！　と決意を新たに、俺はイーリやアリエスたちと村に帰った。

そして、ちょうど夜明けの光が差し掛かった頃、棺桶で眠りについたのだった――

「ふわぁ……」

俺はフタを開けて棺桶から出て伸びをした。見れば、すでに周囲は薄暗くなっている。

体感的にかなり眠った気がする。おそらく半日くらい寝ていたのだろう。

「……夜明けに寝て、夜に起きるのってダメ人間みたいな生活だな」

自宅に備え置かれた棺桶は寝心地がよく、ついつい寝すぎてしまうところはある。

ベッドで寝ることも一度は考えたが、やはり吸血鬼と言えば棺桶だろう。

吸血鬼が棺桶を使う理由の一つには、わずかにでも日の光を防ぐためだ。

といっても。俺は別に太陽の光は効かないし、棺桶で眠る必要は特にない。だが暗くて外の音を遮断するという、寝るために最高の条件が揃(そろ)っているため寝やすい。

「おばんわ」

そんな俺に声をかけてきたのはイーリだ。普段は乾くという理由でつけている右目の眼帯を外してこちらを見ている。

彼女の右目は魔眼で、その目は左目と違い金色だ。魔力もあるため、周囲が暗いと淡く光っているようにも見える。

「おばんわってなんだよ」

「おはよう、こんばんは」

「略しておばんわと?」

「吸血鬼だから夜におはよう。でもそれだと朝っぽいから」

出会った頃から俺を怖がるわけでもなく、無表情で自分の決めたことに勝手に突き進むような傍若無人なところもあり、相変わらずよく分からない少女である。

　そんなイーリは今、俺の家で寝泊まりをしている。家事もできるし何も言わずとも進んでこなしてくれるのはかなり助かっている。

「おばんわごはん用意してる」

「お、助かる。今日のメニューは？」

「牛肉のブラッドニンニク炒（いた）め」

「血なまぐさくていい匂いだな」

　俺は食卓の席につくと出された皿に載った、赤々と染まった牛肉とニンニクを喰（く）らい、今日の仕事のために早速外へと出た。そこにイーリがとてとてと後ろをついてくる。

「一鬼夜行」

「それただ吸血鬼が夜に歩いているだけだろ」

　夜の村の周囲を見回すが揉（も）め事（ごと）は起きていないようだ。よかったよかった。

　先日のベアードの件もあったし、村長として気を引き締めて村を守らないとな。

「これからどうするの」

　イーリがこちらを見上げて尋ねてくる。

「そうだなぁ。とりあえずアリエスの様子でも見に」

「そんな目先でしかないことは聞いてない。ドラクル村の今後千年繁栄のための案」

「先に行き過ぎているだろ……」

「じゃあ一年後」

「急に現実的になったな……すでにある程度の案はある。具体的には三つかな。村の食料事情の解決、金銭の儲け方法の確立、物資の供給網の構築だ」

今のドラクル村には足りないものが多すぎる。

まず食料に関しては、俺はほぼ毎日のように森や山に行き、獣を狩ってそれで何とか確保できているという状況だ。

狩猟民族が人口を増やすのが難しいことは歴史が証明している。

……まあ吸血鬼って基本的に狩猟で食っていくんだけどな。人を栽培するなんてできないし。

「なるほど。人を増やし、人を運び、人を売る」

「なんで人身売買前提!? 違うっての！ 作物の収穫量を増やして、金銭の安定した稼ぎを得て、交易ルートの開拓ってことだ！」

この村には現在、金を稼ぐための手段があまりない。具体的には特産品などの類いが、俺が作った養蜂ハチミツの一択しかない。

近くに金銀山もあるが、いまのところ採掘の稼働もしてないからな……。

そして交易ルートの開拓だ。一応は隣村経由で他村とのハチミツの取引を考えているが、やはり他所任せというのは怖い。なにかあれば即打ち切られる恐れもある。

なので、ドラクル村と契約を結んだ商人が欲しい！　他には金銀を扱える細工師とかも欲しいな！

「全部難しそう」

せっかく近くに金銀山があるのだから、それを特産品として活用しない手はない！

「そうでもない。少なくとも作物の収穫量増加には目途がついている。いまから試そうと思っているところだ」

「吸血鬼に畑を耕させよう。陽の下で汗水流させて」

「それ、ただの処刑だろ……」

話している間に俺たちはイーリの家の前へと来た。なお、この家は現在アリエスが使う借家となっていた。

扉をノックしようとすると、間髪入れずにイーリがガチャリと扉を開いた。

「ただいま」

我が家に帰るのにノックはいらぬ。そんなノリだ。

家の中には――ちょうど着替えていて、上の服を脱いでいるところの――アリエスがいた。

突然開けられた扉に硬直したアリエスは、静かにイーリと目を合わせたあと今度は俺の方を見てきて――

「――っ!?　へ、変態！　早く閉めてっ!!」

「開けてるのは俺じゃない！　聖水の瓶を投げるな!?　ほらイーリ、扉を閉めろ!?」

「開けてた方が面白い」

「「閉めろっ！」」

「仕方ない」

イーリはようやく扉を閉め、家の中からドッタンバッタンと騒々しい音がしたあとでガチャリと扉が開いた。

「……待たせたわね」

少しだけ顔を赤くしながらアリエスが家の外へと出てきた。

だがいつもと様子が違う。何故(なぜ)なら――

「あ、アリエス……？　お前、銀の鎧(よろい)は……？」

「ただでさえ聖魔法という特徴が消えたのに、見た目の特徴もなくなるよ？」

アリエスは銀の鎧も銀剣も装備しておらず、白のシャツにハイウェストの赤いロングスカートを着ていた。いままでが武骨というかギラギラの銀鎧だったので、ギャップと新鮮さで可愛(かわい)く見えてしまう。

「……ベアードに殴られて銀鎧が潰れたのよ。あとはまあ……いつまでも完全武装のままだと、あまりよくないかなって」

アリエスは少し言いづらそうに、俺の方をチラリと見てきた。

たぶん彼女なりに、吸血鬼との距離を縮めようとしてくれているのだろう。

「ひとつだけ謝らせて。貴方(あなた)に対して人間の敵だと散々言い続けてごめんなさい。吸血鬼と人間が共生できるかはまだ分からないけど、貴方は人間の敵ではなかったわ」

「気にしてない。通常、吸血鬼が人を襲うのは事実だ。俺を討伐して村人を守ろうとしたお前の行為はなにも間違っていない」

「……ありがとう」

俺の言葉にアリエスが少し照れたように目を小さく逸(そ)らした。

アリエスは立派だ。

彼女が信じていたはずの吸血鬼狩りギルドが、吸血鬼を使役して村を襲っていた。自分の信念を根底からひっくり返されたに等しい思いをしたはずなのに、すでに吹っ切って新たな一歩を進み始めたのだから。

しかも憎み、殺すことに意義を見出(みいだ)していた吸血鬼に対して、討伐以外の選択肢を考える……本当にすごい。

「俺からも頼みがある。これからこのドラクル村のために力を貸してほしい」

いまのアリエスならば、吸血鬼との共生も可能かもしれない。

「……手を貸せるかは分からない。でも少なくとも吸血鬼が村を訪れても理不尽に討伐はせずに、話してみることにするわ。襲ってきたら反撃するけど」

「それで構わない。人間だって暴漢相手に反撃するのと同じだ」

アリエスは少し俯いた。俺はそんな彼女に対して手を差し出す。

少しビクッと反応したあとに、恐る恐るだが俺の手を握ってくれた。やはりまだ吸血鬼への嫌悪感は残っているようだが、むしろその方が人間らしい。

「と、ところで私になんの用事なの？」

「ああ、ちょっと畑についてきてほしいんだ」

「畑に？　別にいいけど……」

こうして俺はアリエスと、歩いている途中で会った元村長も連れて、畑へとやってきた。

「ここってなにも植えてない畑じゃないの？　こんなところで何をするつもり？」

アリエスは目を細めながら訝し気に畑を睨んでいた。だが彼女の言うことは少し間違っている。

「違う。ここにはイモが少しだけ植えられている」

俺は畑の端を指さす。そこにはわずかにしなびたイモの葉が見える。二個分の種イモから生長した葉なので本当に少しだ。

「あ、本当だ……でも見たことない植物だけど」

「これはジャガイモと言ってな。そろそろ頃合いだと見て収穫に来たんだよ」

「ワシが頑張って育てました」

俺が言ったそばで元村長が得意気な顔をしている。耕作をする前に彼にジャガイモについて知るかぎりの知識を話して、あとの栽培はお任せしていた。俺は狩りや警護のために村から離れることもあるし村長として色々忙しい。それに農業専門の者に任せた方がよいからな。

「じゃあ引っこ抜いて……っと」

俺は茎を片手で持って引き抜いた。が、残念ながらイモも一緒に抜けてはくれなかったので、仕方なく手で土を掘ってイモを収穫していく。


ゴロゴロと土からイモが掘り起こされ、大小合わせて十六ほど穫(と)れた。

手が土で汚れてしまったため、片手首ずつ自分の手刀で切り落としては闇化させて元に戻すことで綺麗(きれい)にする。

「よし、収穫完了だ」

「ねえ。サラッと自分の手を切り落とすのやめてくれない？　分かっていても見ていて心臓に悪いんだけど」

「切り落とした手、闇にせずに残せないの？　その手で地面を掘ったらいいと思う」

「イーリさん、貴女ってたまに凄まじい発想するわよね……」

アリエスはイーリの発言にドン引きしている。確かに俺の手をスコップの形にして切り落とせば、丈夫な鉄のスコップみたいに使えるやも……先端に鋭利な爪もあるし石も砕きそうだ。

これは他の農作物の道具に――いや、やめておこう。確かに実用性はあるが村人の吸血鬼への恐怖が加速しそうだ。

「さてここからが本番だ。まずはイモを埋めてっと……」

俺は収穫したイモのひとつを再び畑に埋める。あ、また手が汚れてしまったな。

「アリエス、このイモに聖魔法の光を浴びせてほしい」

俺がアリエスをここに呼びつけた理由。それは聖魔法による畑の生長促進ができないかの検証だ。

彼女の聖魔法を浴び続けた広場は、雑草が生長して土の地面が芝生になった。そして俺がベアードを倒した時は、岩場が草原みたいになってしまった。

つまり聖魔法の力で、ジャガイモの生長を進めることもできるはずだ！

アリエスは少し息を整えたあと、ジャガイモに視線を向けた。

「まさか植物に向けて聖魔法を撃つことになるなんてね……聖なる陽よ！　闇を祓え！」

アリエスが前に出した手から聖なる光が発せられて、イモを埋めた土に浴びせられる。

だが何も起こらなかった。

「もう一回！」

「聖なる陽よ!!　闇を祓え!!」

「まだ生えない！　さらにもう一回！」

「聖なる陽よ!!!　闇を祓え!?!?!?」

するとピョコリと小さな芽が生えた!?

「お、おおおおおぉぉぉぉ！　すごいぞ聖魔法！　これならジャガイモの栽培がはかどる！」

「はぁ……はぁ……というかね、貴方も……やりなさいよっ……！　聖魔法、使える、んでしょっ……！」

アリエスは連発しての聖魔法に疲れたらしく、地面にへたりこみながら俺を睨んでくる。

「悪い悪い。俺は聖魔法の素人だから、まずはアリエスに可能かを試してほしかったんだ。ほら俺は吸血鬼だからな」

そう告げながらアリエスが芽を生やしたイモの隣の地面に、新しくイモを植えて土をかぶせた。

「聖なる陽よ!!　闇を祓え!!」

俺の体から暖かな力が沸き上がってどんどん熱く……ん？　なんか嫌な予感がしてきたからまずは弱日くらいにしておこう。

手からは聖なる光が放たれて、植えられたイモへと浴びせられていく。

その瞬間だった。小さな芽が生えたどころか、茎が伸びてどんどん生長していく……!?

「おおー、すごいすごい」

「さすがですのう。これは楽じゃ」

イーリと元村長が感心した声を出す。その間にもイモは育っていき……葉がしなびた、さっき収穫したイモと同じような見た目になった。

試しに茎を引き抜いてイモを掘ると……生長しきっていた。いやそれどころかさっきよりも大ぶりなイモがゴロゴロと穫れる。

しかも隣にあったアリエスのイモも、俺の光の余波を受けて葉が生長していた。

「や、やっぱり貴方の聖魔法おかしいわよ！　私の聖魔法は出力だけなら、吸血鬼狩りギルドでトップだったのに！　というか本当になんでよ!?　貴方、身体能力も魔力も異常過ぎるわよ！」

アリエスが俺を先ほどよりすごい表情で見てくる。

だいぶ加減した弱日状態だったのだが……これ下手に全力で撃ってたら、ジャガイモどうなってたんだろ。

まあ聖魔法の威力がどうとかそんなことはどうでもよい。肝心なのは……ジャガイモ穫り放題ってことだ！　つまりジャガイモをたらふく食っても問題ない！

「よし早速戻ってイモを焼くぞ！　これなら種イモ数個だけ残せばいいだろ！」

「おー」

「待って!?　強力過ぎる聖魔法についてはスルーなの!?」

「アリエス、きっと神は言っている。いまは聖魔法なんかよりジャガイモを食べる時だと」

「神様は聖魔法を軽視しないと思うのだけど!?」

「ワシの三カ月の頑張りはなんじゃったんじゃろ……」

俺たちはジャガイモを持って急いで自宅に帰り、イーリがかまどの上にフライパンを置いてジャガイモをスライスして焼く！

「あ、もう貯蔵の塩が少ないから薄味で」

「そんなー……」

「待って!?　聖魔法の光で育った作物って普通に食べられるの!?　誰も試したことないわよね!?」

「聖魔法の光なんだから悪いものは入ってないだろ」

「それを吸血鬼のあなたが言うのっ⁉」

「できたよー」

イーリが木皿にイモを盛り付けて持ってきてくれた。

出来立ての料理を手づかみでかぶりつく……！　ホクホクのジャガイモが、黒いパンに慣れた舌にしみわたる……！

正直柔らかいだけで美味しい。このままでも普通に食べられるが、もっと塩が欲しいなぁ……。

塩は大事だ。とりあえず塩をつけていれば大抵のモノは食べられるようになる。

「あっつ⁉　よくこの状態で持てるわね⁉　少し冷まさないと舌を火傷しそう」

「吸血鬼だからな！　さあさあ早く食べてみろ！」

「分かったわよ。ふーふー……あ、美味しい」

「美味。黒いパンよりだいぶ美味しい」

「美味しいのですが……このイモはワシが手塩にかけて育てたことになるんですかの？」

アリエスもイーリも気に入ってくれたようだ。元村長は微妙に思うところがあるみたいだが。

塩なら今かけてるからセーフで。

「ハチミツとジャガイモも合うかもしれない」

「大学イモのジャガイモ版みたいな感じか……よしやってみよう！」

これでイモが安定的に収穫できるようになったな。結局俺の聖魔法が必要ではあるが、村の食料問題解決に一歩前進か！

――と、思っていた時期が俺にもありました。

「ただ血の塊や液体を渡されただけでは、こう満足感がなぁ……」

「やはり肉を嚙む感触が欲しい」

村から少し離れた平野の地下、地面に掘った吸血鬼たちの住み処。そこに呼び出された俺は、吸血鬼たちから不満を訴えられていた。

イーリは勝手についてきているが、今回はアリエスにも同行してもらった。彼女にはこれから村を守ってもらうので、同じ村民である吸血鬼たちも紹介しなければと考えていたのだ。

入って早々内装にかなり渋い顔をされ、一番文句を言われたのはモグランお手製の土壁に掘られた俺のレリーフである。それは別に俺が望んで作ったわけではない。

モグランたちが勝手にやりました。なので俺は無罪だ。

話は戻るが、ようは人だけでなく吸血鬼にも食料問題が発生だ。

彼らにとって肉を噛んで血を吸うことは極めて重要なのだろう。やはり吸血とは特別なことで、ただ血を喉に流すのとは訳が違う。

人間だって噛み応えのある肉を好む者もいるだろう。仮に同じ味の肉があっても、噛み応えが微妙なら別物と考えるはずだ。それと似たようなものだ、たぶん。

つまり吸血鬼たちは噛めないことに不満を抱く。だが、俺もそうなることは想定していた。

トマトジュースだけではなくて、トマトを食べたくなるようなものだろう。

吸血鬼たちはずーっと肉を噛んで吸血してきたのだ。つまりは、その感覚込みでなければ食事として満足できないということだ。

久々に懐から日記を取り出して、該当ページを確認する。俺の前身であるシェザードも吸血時に肉を噛む感覚は忘れがたく、人との共存でネックになる部分と懸念していた。

「確かに肉を噛めないのはキツイ。だが安心しろ、ちゃんと肉を噛んで吸血させてやる」

「豚や牛の血は嫌だぞ」

「分かっている。人肉を噛まずに、肉を噛ませて人の血を吸わせてやろう」

「「「……?」」」

吸血鬼たちは訝し気な顔で俺を見てくる。

なんかグルメ漫画みたいな展開になってきたな。ほら、お客の無理難題に工夫で応える感じの。

「サフィ、解説して」

「え、ええっ……!? えっと、えっと……わ、分かりません……」

「他の肉で代用？ 人の血に近い肉があるのかしら？」

イーリとサフィとアリエスも困惑している。

流石に分からないだろうな。なにせこの問題への打開策は、地球のとある技術を応用したものなのだから。

「ちゃんと人の血を吸える。ようはそこに肉の食感があればよいだけだろ？」

「それはそうだけど、言うは簡単だけどね」

「いや、実はやるのもすごく簡単な話なんだよ」

吸血鬼たちは人の血を吸いつつ、肉の食感も併せて味わいたいのだ。だが人間の肉を噛ませるわけにはいかない。

——だが、例えば他の肉に血を注入して吸わせればどうだろうか。

「牛や豚や鶏の肉に人の血を注入して、それを吸えば肉の味わいもあるぞ」

牛脂注入肉というものがある。ステーキなどによく使われていて、脂を注入することでジューシーにする製法だ。

それを脂ではなくて血にして注入すれば、人の血を持った肉がつくれるはずだっ!!!!

「「？」」

俺の言葉に吸血鬼たちは「は？」みたいな顔を向けてくる。

「なんでそんな発想が出てくるんでしょうこの方……」

「注血鬼」

「もう貴方、吸血鬼の名は返上した方がいいと思うわよ？」

サフィやイーリやアリエスもなんか引いた目で見てきて辛い。

でもこの案は完璧なはずだっ！　肉の食感と人の血を併せつつなのだから！

「そういうわけで早速だが人血注入肉を作ろうと思う」

「そ、そうか……」

「これ本当に我らの同胞か？　実は人が皮を被った偽物では？」

「待ちなさい。私たちとリュウトを一緒にしないで。人はこんな発想しないわよ」

俺の所属を巡って吸血鬼たちとアリエスが口論している。

どちらの陣営からも省かれがちになるのは狭間者の辛いところだな。人の魂に吸血鬼の体、やはり俺は悲しい目に遭うのが約束されているのだ。

俺の考え方にドン引きされての自業自得なわけではない。それは断じて違うはずだ。

「イーリ、肉を持ってきてくれ。俺は血とか机を用意するから」

「ん」

イーリは俺に近寄ると服のそでをまくって腕を差し出してきた。違う、そういう意味じゃない。

「おお、やはり美味(うま)そうな腕だ……」

「いまの肌の匂いで確信したぞ、あの少女は処女だ」

「それはそれは……」

吸血鬼どもがブツブツと話し合っている。

彼らの名誉のために言っておくと、処女の血は吸血鬼にとって、より美味なのである。

あの肉はよい霜降り、みたいな表現だ。汚い……いや闇のユニコーンみたいなものと思ってほしい。

ところでユニコーンってズルくないか。あいつらやってること淫獣でしかないのに、他の処女厨(ちゅう)と違って神聖視されているのが分からん。

「仕方ない」

イーリはとてとてと地上に戻って、昨日捕らえていた鶏肉を切り分けて、皿に載せて持ってきた。ステーキくらいの分厚さで五枚ほどある。

今日も昼に焼いて食べたやつだ。

俺は自宅の前の地下に潜ませている血魔法で作った血液スライムを、操ってここまでやってこさせた。スライムはポヨンポヨンしながら地下室へと降りてくる。

「さあさあ、御覧じろ！　これぞ吸血鬼と人の共生の第一歩！」

そんな血液スライムを俺に近寄らせる。そして彼？　の体の一部で血の注射器を作製！

「この血を肉に注入！」

注射器を鶏肉に刺して注入する！　もちろん血魔法も使って肉に充満するようにだ！

気分はスポンジに水をしみこませる感じ！

血で作製した注射器は、身を削るが如くどんどん小さくなる。

それに伴って、新鮮でピンク色をしていた鶏の生肉が、どんどん赤味を増して血に濁っていく！　正直美味しくなさそうなんだけど!?　いや見た目がすべてではないし！

そもそも見た目の話をするなら、人間なんてどう考えても美味しそうには思えないはずだ！　でも吸血鬼は吸ってるから大丈夫だろ！

「さあ吸ってみてくれ！　これぞ吸血鬼料理第一弾！　人血肉！」

「これを料理と呼ぶ烏滸がましさよ」

「イーリうるさい」

俺は人血のしたたる鶏肉をサフィに差し出した。すると彼女はビクッと反応したあと、少しずつ下がっていく。

「ひっ……!?」

おかしい、俺の料理が悲鳴をあげられている。

「あれ美味しいと思うか？」

「分からん……少なくとも誰かが吸って評判を聞いてからだな。だがサフィには飲ませられない」

「そうだな。いまのサフィには辛かろう」

他の吸血鬼たちからも受けが悪い。おかしいな？　すごいアイデアだと思ったんだけどな⁇

そんな中でサフィは目に涙を浮かべながら、差し出された肉を受け取ってくれた。

彼女はブツブツと自分に言い聞かせるように、何かを呟き始めた。

「だ、大丈夫……あの時に比べればマシ……比べればマシ……」

「もうやめよう！　無理して吸わなくていいから⁉」

なんかすごいトラウマと比較されてる気がする⁉

「サフィ、我が代わりに吸おう。いまの君では無茶だ」

頭をコウモリにしている吸血鬼――ベリルーが前に出て、サフィから肉をひったくった。

え？　確かにゲテモノ料理かもしれないけどそこまでか……？

ベリルーは鶏肉にかぶりついて、血を吸い始めた。ちゅーちゅーと音が聞こえて、この場にいる全員が息をのむ。

静寂が見守るなか、血を飲み終えたコウモリ頭は申し訳なさそうに笑み（？）を浮かべた。

「……うむ。血が混ざって、絶妙なコントラストがあって…………すまん、どう言いつくろっても人の肉のほうがよい……」

不評のようだ。これは不味い。

俺は吸っても変な味だとは感じなかったし、いけると思ったんだが……。

「やはり人肉のほうが……」

「うーむ、そうだよなぁ」

他の吸血鬼たちも食レポを聞いて、人血注入肉の評判が——落ちていってる!? ば、バカな……俺の渾身の作が……。

「仕方がない。ここは料理担当の私が人肌脱ごう」

打ちひしがれている俺の肩を、背伸びしたイーリがポンと叩いた。

「イーリ、お前が脱いでも意味がないんだよ……」

「違う。ちょっと待ってて」

イーリは残りの肉が載った皿を持つと、地上へと戻っていく。しばらくすると肉の焼けた匂いが外から漂ってきた。そして彼女は、焼けた鶏肉の載った皿を持って地下へと入ってくる。

「リュウトこれ持って」

「お、おお……」

イーリから皿を手渡され受け取ると、彼女は再び地上に。そして今度は塩を盛った皿と、ハチミツの入った小壺を手にして戻ってきた。

「えいっ」

彼女は血スライムに対して塩をかけはじめた。塩が血スライムに吸収されて溶けていく。

「さらに、えいっ」

小壺に入っていたハチミツを、スプーンで少しすくって——血スライムにかけていく!?

お、俺のハチミツ!?

「リュウト。スライムを飛んで跳ねさせて」

「お、おお……」

俺は血スライムを操ってジャンプさせて、そのあとついでに体を回転させた。塩とハチミツが血に混ざっていく……。

「じゃあこの焼いた肉に、この血を混ぜて」

「わ、分かった」

俺は先ほどと同じように注射器を作って、焼けた鶏肉に人の血を注入した。肉からほのかにいい匂いが漂ってくる。

「お、おいおい。なんかいい匂いしないか……？」

「あれは極上の血では……!?」

吸血鬼たちも焼けた鶏肉の匂いに唾をのんでいる!?　ま、まさかこれはいけるのか!?

「吸って」

「心得た」

ベリルーは俺から肉を受け取ると、決死の表情でカプリと肉に噛みついた。そしてちゅーちゅーと吸い始めて……。

「美味だ！　このような血は二百年生きて初めての味だ！」

先ほどの苦悶とは一転して絶賛している!?　しかも満面の笑み!?

「お、俺も吸わせてほしい」

「我も我も」

他の吸血鬼たちも肉を欲しがり始めた。なんということだろう。

俺は爪でナイフのように皿の上の鶏肉を人数分に切り分け、そして注射器で血をそれぞれの肉に注ぎ込みながらイーリの方を見る。

「い、イーリ。どうやったんだ？」

「ミナリーナにマズイ血と言われたのが悔しかった。なので美味しい血を研究していた。ミナリーナは人を育てていると言った。ならその人たちは健康状態がよいはず。きっと私たちより塩が不足してなくて血の塩分が多いはず」

「ハチミツを合わせたのは？」

「私が見てきた吸血鬼は皆ハチミツ好き。血が鶏肉と合うように調整」

な、なるほど……？　血自体を美味しくして、さらに鶏肉と調整と……人間が血の味を理解したと⁉

「イーリ、お前すごいな……」

「どや」

イーリは無表情ながらも薄い胸を張ったのだった。

吸血鬼たちは歓喜しながら人血注入肉を吸っている。ただしサフィだけは肉を手にしていなかった。

あれ？　皿の上にも肉は残っているし、美味しいと評判だから吸うと思ったのに……食欲でもないのか？

そんなことを考えていると、吸血鬼たちはイーリを見て小さな声で話していた。

「なあ、やはりあの少女……」

「うむ間違いない。本人から漂う美味な血の匂い、そして血の味を理解する力に魔眼」

彼らは少し怯えた目でイーリを見続ける。

「あの者、下手に吸血鬼にしてはならぬ」

「間違いなし。あの人間がもし吸血鬼になれば、超常的な力を手に入れかねぬ」

「我らが真祖、その血を継いでおるやも……もしあの者が吸血鬼になってしまえば、どうなるか予想がつかぬな……」

おそらく彼らは俺に聞こえないように話しているつもりだが、こちとらそこらの吸血鬼よりもだいぶ聴力がある。

真祖？　知らない単語が出てきたな。ちょっと聞いてみようかな。

「……というかやはり俺は人の肉から血が飲みたい。あとでコッソリ襲ってもバレないだろうか」

……と思ったがどうやら少し教育が必要らしい。缶ジュース買いに行く感覚で村人を襲われてはたまらない。

そんなことを考えていると、イーリが小さな壺を持って話しかけてくる。

「リュウト大変。もう塩が本当に少ない。このままだと吸血鬼のエサも作れない」

「え？　あー……」

塩。それは人が生きるのに必須のものだ。

日本でも敵に塩を送るという言葉があるくらい、塩は生活と切って離せない。だがこの村の付近では塩がとれず、減っていく一方だ。

ただでさえ余裕がないのに、吸血鬼たちのエサ……じゃなくて食事にも塩が必要になってしまった。そろそろ本格的になんとかする必要があるようだ。

「このままだと村が塩で干上がるなぁ……吸血鬼狩りとか敵が攻めてくるとかなら楽勝なのに」

「これがほんとの潮干狩り」

「違うだろ……うん、やはり交易ルートの確保は急務だ。近くの都市まで出向いて、商人と交渉してみるか」

この地では塩がとれない以上、安定確保のためには商人の力を借りないとな。

いざとなれば俺が直接買い出しに行くという手もある。ただ、どちらの手を取るにしても解決しなければならない問題があった。

「お出かけ？」

「そうだ。だが俺が留守の間、村の護衛が必要になる。先日のベアードみたいな襲撃者が現れた時、対抗策がないと困ってしまう」

「リュウトが帰ってきた時、ドラクル村は壊滅していた」

「マジでそれがあり得るからな……」

そんなことにならないためにも、この村の警備体制を整えなければならない。

こんな時のために我が村には戦力がある。そう、吸血鬼たちだ。

だが吸血鬼たちを、俺がいない村に解き放つのは少し怖い気もする。

彼らが人を襲わないのは、俺への恐怖があるからだ。その恐怖の対象が近くにおらず、そして獲物がすぐ目の前にいたら……人を襲撃してしまう可能性もある。

警備の薄い店で魔が差してしまう万引き犯みたいに。

「吸血鬼たちが、人を襲わなくなる方法はないだろうか」

「それは殺人鬼が殺人しなくなるのと一緒では」

「一緒にするな」

……………村人と吸血鬼の顔合わせをさせてみようか。

やはり見知った顔の方が襲いづらくなるだろうし、種族が違っても見た目は同じ人。お互い意思疎通もできるし、現状ではそばに住んでるだけの他者だからな。情が湧かないのも無理はない。

うん。やはりそうすべきだな！

「よし。明日の夜、吸血鬼と人の顔合わせをやるぞ！」

「む？　人と顔合わせだと？　なんの意味が？　おかしくなったか？」

「分からん。だが村長の考えてることはだいたい分からんので、むしろ平常と言えるのではないか」

「吸蜜鬼の思考を読もうとしても無駄」

「お前ら怒るぞ」

まったく人のことをおかしいなんて言うとは。吸血鬼たちとイーリを叱りつつ、明日の夜に広場に来るように告げた。


そして、翌日の昼には村人側にも村長命令を下し集合を伝えた。

夜になる。村の広場に来ると、人と吸血鬼たちがそれぞれ少し離れて集まっていた。

とうとうドラクル村の歴史に残るだろう邂逅が、人と吸血鬼の顔合わせが始まったのだ。

「な、なんと恐ろしい群れか……」

「吸血鬼の集団など悪夢だ……」

「おかあさーんー！　怖いよー！」

村人たちは吸血鬼を見てものすごく怯えている。子供なんて泣き叫ぶ始末だ。

「落ち着くのじゃ。リュウト様は話が分かるお方、あの吸血鬼たちもそうかもしれぬ」

「そ、そうだよ……」

「私がいるから大丈夫！　吸血鬼が襲ってきたら退治してあげるから！」

そんな村人たちを、元村長とメルとアリエスがなだめている。

対して吸血鬼たちはというと……。

「あの少女はAランクで美味そうだな。他の者はCランクといったところか」

「やはり眼帯少女に並ぶSランクはいないか」

「吸血鬼狩りは血がマズいんだよな。しかも貧相な体つきだし」

……血の値踏みをしていた。牛肉みたいにランクづけするんじゃないよ。

やはり少しずつでいいから、吸血鬼たちの意識改革をしないとな。

俺は双方の間に立って、ざわつく空気を鎮めるように手をあげて制した。一同がピタリと黙って俺の方を見ている。

「みんなに集まってもらったのは他でもない。この村の同じ住人として、互いに面識を持ってほしいからだ！」

「そ、村長！　でしたらもう帰ってよろしいですか!?　充分、顔を見ましたので！」

「面を識(し)ればいいって意味じゃない」

村人たちはやはり吸血鬼を恐れてしまっている。

そりゃそうだよなぁ……人を襲う怪物に恐怖を抱かないのは難しいだろう。

別にこれは吸血鬼に限った話ではなく狼(オオカミ)でも一緒だ。ただ狼なら慣れれば、飼えそうな気もするが……。

「まあ待て。我ら吸血鬼は存外怖くないものだぞ」

どうしようか悩んでいると、コウモリ頭をしたイケボ野郎ことベリルーが前に出てきた。

彼はゆっくりと人の集まりに近づいていく。

「なんだあいつ!?」

「コウモリ頭!? なんで!?」

村人たちはベリルーの顔に混乱している。そりゃそうだろうな、あいつの見た目はコウモリの頭をした人間だもの。不気味だが吸血鬼っぽさは皆無だ。

「そ、そなたはいったい何者じゃ？」

元村長が村人たちを代表して、ベリルーに声をかけた。

「私はベリルー。諸君らと仲良くなりたいと考えている。まずはこれを、贈り物として渡そう」

ベリルーはどこからともなくタンポポの花を取り出すと、メルに向けて差し出した。

「どうぞ、可憐(かれん)な少女」

「あ、ありがとう……」

メルは恐る恐るといった様子だが、タンポポを受け取った。

……ベリルー、かなりうまいな。俺やイーリと話している時もつねづね思っていたが、あいつ妙に人間慣れしている気がする……。

なんとなく張りつめていた空気が緩んだので、今日はこのよい流れのまま終わろう。

「よし、今日はこれくらいにしておこうか」

俺は手をパンパンと叩きながらそう宣言した。

とりあえず現状で手放しに仲良くするのは難しそうだな。こればかりは慣れさせていくしかないか。

むしろ最初でこれなら上々とまで言えるかも。ベリルーのファインプレーだな。

「ところで、なんでコウモリさんが吸血鬼に交ざってるんだろう？」

メルが不思議そうに呟く声が聞こえた。やっぱダメそうな気がしたが、俺は聞かなかったことにした。

ただ、やはりというか、吸血鬼を村の護衛にするのは難しそうだ。

俺のいない時に彼らに村を闊歩させたら、なにか問題を引き起こしそうな気がする。

そうなると村の護衛役が別に必要だな……。

「なにを悩んでるのかしら？」

「俺が留守の間、村の警備を任せる者がな」

「私がいるじゃない」

アリエスが平坦な胸を張った。自信満々な顔つきではあるのだが……。

「アリエス、お前は対吸血鬼以外だと弱いだろ」

「!?　そ、そんなことは……ない……わよ……？」

「目を逸らしながら言うな」

アリエスは運動神経皆無である。俺と広場で戦っている時も、七転八倒だったからな。

彼女がもう少し体捌きがよかったら、あんなスッテンコロリンと転びはしない。

慌てるアリエスに対して、イーリがじーっと見つめたあと。

「アリエスって吸血鬼狩りじゃなかったら、ほんとになにも残らないのでは？」

「うっ!?」

「こらイーリ！　アリエスは吸血鬼狩りだからいいんだよ！」

「待って!?　それだと私の価値は吸血鬼狩りなことだけになるんだけど!?」

対吸血鬼はアリエスに任せるとしても、人間が襲ってきた時のことを考えなければならない。

なにせ我が村は領主と対立しているからな。

また軍を差し向けてきたり、盗賊などが襲ってくる可能性もゼロではない。

そもそもよく考えたら仮に吸血鬼が村を闊歩できても、護衛は万全じゃない。朝や昼はあいつら地下に引きこもっていて襲われても出てこられないじゃん。夜盗じゃなくて昼盗が来たらアウトじゃん。

「……よし。ここは対人に強い護衛をスカウトしよう」

「護衛？　この村に雇われてくれる人なんているのかしら？」

「人じゃない。新しく眷属(けんぞく)を増やすんだよ」

いまの俺にはモグラン、ガン、コロランといった眷属たちがいる。

だが彼らは戦闘要員ではないので、村の警備をさせるには一抹(いちまつ)の……いやお粗末なくらい不安が残る。言ったら悪いけど。

そこで強い眷属を雇用することで、そいつをドラクル村の守護神にするのだ！

あ、ちなみにミツバチは眷属じゃないぞ。彼らはあくまで契約を結んだだけだから。

イメージとしては、モグランたちは正社員。ミツバチたちは取引先といったところか。

「そういうわけで俺はいまから森に行く」

「私も行く」

何故かイーリも挙手してきたが、今回はよろしくない。

「ダメだ。これから行く場所は危険だから、お前は連れていけない。そういうわけで家に帰ってなさい。とうっ！」

俺はその場で跳躍すると、背中に翼を生やして夜の森へと飛んだ。

「ケチ」

「あいつが危険って言うなんて、いったいどこに向かうつもりなの……？」

イーリとアリエスの声を後ろに聞きながら、俺は彼女らから遠ざかっていく。


少し奥まった森の中へ降り立つと、以前の記憶を頼りに捜索し始める。

いまから眷属にしたいものは、俺が吸血鬼になってからもっとも恐れた存在だ。正直あまり探したくないが、村の警備に彼らほどの適任はいない。

しばらくするとそれは見つかった。

木の幹の少し高いところにあり……丸い形で外から巣穴が見えていて、少し灰色っぽいやつ。つまりはスズメバチの巣だ。

スズメバチたちも俺の接近に気が付いたのか、ブンブンと巣から出始めた！

『なんじゃわれ！　また来やがったか！』

『帰れ！　失せろ！』

傍からすれば大きな羽音がブンブン言っているだけだが、吸血鬼の俺は虫や獣とも対話が可能である。ゆえに彼らの言葉も聞こえるのだが……まぁ、おだやかな歓迎ではない。なにより、相変わらずスズメバチの集団は怖い！　刺されても効かないのだが刻まれてきた恐怖はぬぐえないのだ。

だが彼らは村の警備として最適だろう。まず小さいし、村近くのこの森の中には彼らの巣はたくさんあり、村人を恐れていない上、村人も魔物よりはまだ虫のほうが怖がらないだろう。これが大きな魔物とかなら、近くにいるだけでストレスの要因になる。

次にスズメバチは相当強い。なにせ小さくて速くて攻撃力があるのだから、どう考えても弱い要素がない。

そんなアサシンのような彼らを俺の眷属にして、さらなる強化をすれば間違いなく強い。

つまりスズメバチは村の警備に最適な魔物……じゃなかった、虫だ！

「待ってくれ！　今日は交渉に来たんだ！　俺はお前たちを眷属にしたい！」

『はぁ!?　以前に俺らのこと、生理的に無理とかほざいただろうがっ！』

『失せろ吸血鬼！　てめぇはミツバチの甘い汁でも吸っとけ！』

スズメバチたちは俺の説得を受け付けてくれない……くっ、生理的に無理は完全に失言だった！

だがスズメバチは眷属にしたい。ここは誠心誠意、謝るしかない！

「本当にすまなかった！　あの時はミツバチ狙いだったので、お前たちに心ない言葉をかけてしまった……！　本当にすまない！」

俺は必死に頭を下げる！　こういうのは謝ってなんぼだ！

スズメバチたちはしばらくブンブンと空中を漂ったあとに。

『そもそもさぁ。吸血鬼の兄ちゃんや、ワイらに眷属になるメリットないじゃろうが』

「俺の眷属になれば強くなれます！　貴方たちの天敵も逆に倒せるようになります！」

強いスズメバチだが天敵もいる。クマとかが代表的だろうか。

クマは分厚い皮膚や毛皮で、スズメバチの針を通さないらしい。他にもタカとかには巣を盗(と)られることもあるのだとか。

だがスズメバチが俺の眷属になれば、強くなってそいつらも倒せるようになるだろう。

『……ほう、続けろや。他には？』

「ハチミツの一部を献上しましょう！　他にも昆虫とか……なんなら俺の腕の肉も！」

俺は即座に自分の左腕を、右腕で摑んでひっこぬく。そして左腕は即座に再生して元に戻った。

吸血鬼の体はすぐに再生するのでタダみたいなものだ。スズメバチは肉食なので食べるかも……。

『吸血鬼の肉なんぞいるかボケ』

『トカゲみたいな奴だなお前』

「………」

なんで俺はスズメバチから悪口を言われているのだろうか。

『とはいえ外敵が減るのは魅力的だな』

『強くなれるってのもいい。クモの巣くらいなら引きちぎれるかもな。どうなんだ？』

「それくらいならいけると思います。はい」

眷属化したら強化されるので、たぶんなんとかなるだろ。

以前にガンがクモを倒したとか言ってたし。

『いいでしょう。我らスズメバチとて、敵が減るに越したことはありませんから』

そんなことを考えていると、スズメバチの巣から女性の声が聞こえてきた。

『おお……女王様がご決断を……』

『憎き吸血鬼相手とはいえども、利用しようということですか……』

他のスズメバチが騒いでいる。どうやらさっきの声は女王バチだったらしい。

そういえばハチ系統は王権制だったな。

『おい吸血鬼、貴様の商談に乗ってやる！　だがもしお前が裏切ったら、ミツバチどもを襲撃するからなっ！』

『我らの襲撃から守り切れると思うなよ！』

「承知いたしました！　ではよろしくお願いいたします！」

こうして俺はスズメバチたちを眷属にして、村の近くに巣を引っ越して棲んでもらうことにした。

彼らにはアサシンとして、村の警備を頑張ってもらう。

翌日の朝、村を歩いていると近くを飛んでいるミツバチたちの話し声が聞こえてきた。

『リュウト様、スズメバチを眷属にしたそうだぞ。あいつらを俺たちの護衛にするとか』

『まじかよ、最大の敵が味方になるとか蜜熱』

『ドラクル村に来てよかったな』

第２章

吸血鬼、街に出る

スズメバチたちが村に来てから一週間が経った。

念のために彼らのことを様子見していたが、特に村人などを襲う様子はない。

ちなみにスズメバチたちは、こないだからクマやタカを狩るようになった。どうやら俺の眷属になったことで、天敵すら獲物になってしまったようだ。

曰く、『これまでの天敵を喰らうのメシウマ！　ありがとな！』だそうだ。感謝されてる様子から、たぶん裏切ったりはしないだろう。


「そういうわけでそろそろ街に出ようと思う」

俺は自宅にイーリとアリエスとミナリーナを集めて、今後のことを話し合うことにした。

「街に行くの初めてだから楽しみ」

「ワタクシはたまに行きますわよ」

イーリが無表情だが少し小躍りして、ミナリーナは胸を張った。

「ね、ねえ……吸血鬼が街に出向くの？」

そんな中でアリエスだけが少し不安そうな顔をしている。

「そりゃ俺が行かないとどうにもならないし」

「でも吸血鬼が街にいるのって……」

「それを言い出したら俺が人の村にいるのがおかしいだろ」

「そ、それはそうなんだけど……」

まあアリエスの言いたいことは分かる。街に吸血鬼が忍び込むって、あまりよいシチュエーションとは思えないからな！

「大丈夫だ。別に人を襲ったりしないし、変身魔法で人間に化けるからバレない」

吸血鬼には変身魔法がある。犬歯を短くして肌の色を少し変えれば、吸血鬼とバレはしないだろう。

「…………分かったわよ。ここから最寄りの街となるとベーリアに行くのかしら？」

「そうなるな」

俺はアリエスにうなずく。

ここらへんの地理に関しては、シェザードの日記や元村長からの話である程度把握している。

まずこの村は、元々シルバリア王国のウエスト領に所属していた。

シルバリア王国はそこそこの広さの国で、ウエスト領はシルバリア王国の西の端の方になる。

「ベーリアはここからさらに西にある街で、隣国との国境付近にあるんだったよな？」

「そうよ。この村が所属していたウエスト領の、さらに西隣にあたる領地の街だから」

つまりベーリアは、シルバリア王国の西端にある都市ということだ。

正直それだけ覚えていればなんとかなるだろ。なんとかなってくれ。俺は地図とか覚えるの苦手なんだよ。

日本でさえ未だに栃木と群馬とか、他にも四国地方の各県の位置とか危ういんだ。

「それでイーリとミナリーナは俺についてきてくれ」

「仕方ない。リュウトは世話がかかる」

「ワタクシに任せなさいですわ！」

イーリもミナリーナも機嫌がよさそうだ。やはり種族も年齢も違えど、街に出るのは楽しいのだろう。

ちなみにミナリーナを連れて行く理由は、この世界の知識に期待してだ。たまに街に出向くと言っているように、それなりに色々聞けると踏んでいる。

イーリはカモフラージュ要員。子連れの方が人に紛れ込みやすいだろ、たぶん。

……どうせ「ついていく」としつこく言ってくるのも予想してだが。

「えっと、私は留守番ってことかしら？」

「そうだ。アリエスには悪いが……吸血鬼が暴れた時に、止める役割が必要だからな」

アリエスは街に連れて行けない。村の吸血鬼たちの抑えをしてほしいからだ。

現時点で村にいる者だけでなく、さらに外からやってくる吸血鬼もいるかもしれない。

その時に彼らへの対抗手段がないと困る。

俺の言葉に腕を組んで考え始めるアリエス。

「……………不安ね。私なしで大丈夫かしら……」

「大丈夫だ。俺がそうそうやられるわけないだろ」

「貴方(あなた)の心配なんてしてないわよ。街の人たちが大丈夫かなと」

「なにもしないっての！」

俺に対してアリエスはクスリと笑った。

「冗談よ、でも本当に気を付けてよ。吸血鬼ってバレたら間違いなく騒動になるわ」

「分かってるよ。いざとなればニンニク食べてごまかすさ」

俺は吸血鬼なのにニンニクが食べられるのだ！　だからもし正体を疑われたら、思いっきりかぶりつけば……。

「いざとならなくても食べるでしょ貴方」

「今朝のメニューはニンニク炒(いた)めだった」

「吸血鬼にあるまじきですわね」

「………とにかくバレないだろ！」

「それもそうね。ニンニク好んで食べる吸血鬼なんて、正直、悪夢でしかないもの」

そんなわけで俺たちはベーリアへと向かうことに決まった。

目的としてはこの村と交易してくれる商人の確保。そして可能であれば金銀細工師を村に連れてくることだ。

「あ、ベーリアに行くなら私の銀鎧を持って行ってほしいの。銀細工師に直してもらってきてくれないかしら。もちろん修理費は出すわ」

するとアリエスがそんなことを言い出した。

そういえば彼女の鎧はベアードに殴られて、拳跡がついてしまったものな。

流石に自分では修理できないようだし、それくらいなら……と思っているとイーリが口を開いた。

「運搬代は金貨二枚」

「えっ」

「イーリ、暴利をとるな。街に行くついでなんだから無料でいいだろ……」

だがイーリは首を横に振った。

「それは甘い。銀鎧を吸血鬼に運ばせるというのが、どれだけ苦痛を伴う業務かが考慮されてない」

「俺は別に銀を持っても特になにもないだろ。そういうわけで無料だ」

「リュウトはアリエスに甘い。もしかして好き？」

「なんでそうなる……明日の夜には出発するから、各自準備をしておいてくれ。それとアリエスも頼んだぞ、俺の方でもなるべく毎日手紙は送るから」

「手紙ってどうやって……ああ、コウモリ使えばいいのか」

「そうそう。そっちも返信をくれよ。なにかあったら急いで戻って来るから」

「あ、私が銀鎧を着て行く。異論は認めない」

「鎧櫃（よろいびつ）に入れて運んだ方がいいんじゃないかしら？」

「お銀持ちの気分に浸りたい」

　そうして今日は解散することになった。


　俺達はベーリアに向かうために、夜の街道を走っていた。

　他には誰も歩いていない。この世界には街灯の類いがないため、夜になれば真っ暗になる。だから無人なのは当然ではあるな……。

「街道で吸血鬼二人に連れ去られる、可哀（かわい）そうな魔眼系美少女」

　背中からイーリの声が聞こえる。二人に合わせて走れないから俺が背負っているのだ。

「自分のことを美少女と言うな」

　眼帯を外して右目を光らせているイーリに呆（あき）れてツッコむ。

「あら？　自分のことを美しいと思うのは、いいことだと思いますわ」

そんなミナリーナは日傘を持っていた。お嬢様っぽい見た目に合うなぁ……。

「そういうわけで私は絶世の美少女イーリ」

「自意識過剰だろ」

「違う、美意識過剰」

「分かってるなら言うな」

会話しながらさらに街道を進んでいく。

たぶんいまの時速は最低でも百キロ以上は出ていると思う。地球にいた頃の高速道路よりも景色が移り変わるからだ。

普通の道でこれだけ速度を出したら本来なら危ないが、夜間で誰も歩いてないので大丈夫だろう。交通事故の類いは起きないはずだ。

ちなみにイーリは、アリエスの銀の鎧を着ている。俺がイーリを背負いながら、銀鎧を持ち歩くのにはこれが最適だった。

吸血鬼であるミナリーナに渡すわけにもいかないしな……。

「なんかお金持ちになった気分」

「お銀持ちの間違いだろ」

「銀で喜ぶ感覚は本当に理解できませんわね……」

こうして俺たちは一晩ほど走り続けて、日が昇り始めた頃にはベーリアが目視できる場所までたどり着いた。

ベーリアは立派な壁に四方を囲まれた城塞都市で、ここから見てもかなり堅牢そうだ。

「うえぇぇぇ……朝日がしんどいですわ……」

日傘を差したミナリーナがすごく辛そうだ。

吸血鬼にとって日光は毒だからな……。彼女は特級の優れた吸血鬼だから死にはしないが、それでもキツイことに変わりはない。

「ミナリーナ、私の血を吸う？」

「……いえ。ワタクシには自前がありますので」

ミナリーナはイーリの申し出に首を横に振り、胸の谷間から血の入った小瓶を取り出した。

相変わらずどういう原理で出してるのかまるで分からん……。

そしてフタを外すとクピクピと飲み始める。なんか栄養ドリンクみたいだな。

「ぷはぁ！　生き返りますわ！」

ミナリーナは気持ちよさそうに叫んだあと、空になった瓶を胸元にしまった。

「ねえミナリーナ。その胸の谷間どうなってるの？」

イーリ!? その質問はかなり禁忌の類いでは!?

「変身魔法の応用ですわよ。体内や変身で造った服にしまってますの」

衝撃の事実である。なるほど、変身魔法で色々やってるのか……。

イーリはミナリーナの胸の谷間を覗(のぞ)き込んだあと。

「偽乳?」

「違いますわよ! これは変身魔法じゃなくて元からですわ!」

そうなのか、あの胸は元からなのか。

「リュウトがエッチな目でミナリーナを見てる」

「み、見てないぞ! ほら早速ベーリアに入ろうじゃないか! 城塞都市の中なら日陰もあるだろうし!」

俺はイーリの追及をごまかすべく、ベーリアに向かって歩き始めた。

そうして少しして門前に着く。日中だからか門は全開にされていて、二人の門番たちが立ちふさがっていた。

「入街許可証はありますか? なければ入街料を頂きます」

門番の一人が、頭を下げて俺たちに話しかけてきた。

かなり恭しい態度だ。たぶん俺たちの恰好(かっこう)が貴族っぽいからだろう。俺はいつものタキシードだし、ミナリーナはお嬢様服だ。

イーリは銀鎧を着たままなので、この中で一番リッチに見えるかもしれない。よく考えたらこの姿でも、街中ですごく目立つ可能性はある。でも下手に銀鎧を持ち運ぶより、装備して移動する方が楽なんだよな……。

「ないので入街料を払おう。いくらだ？」

「銀貨三枚になります」

痛い出費だがやむを得ない。懐に入れていた革袋から、銀貨三枚を取り出して門番に渡した。

「お通りください。武運長久をお祈りいたします」

武運長久？　よく分からないが……とりあえず頷いておいた。

「ありがとう。それとついでに聞きたいのだが、この街の商店を教えてほしい」

「それなら……」

こうして俺たちは情報収集しつつ、城塞都市べーリアに入り込むことができた。

中はレンガ造りの建物がいたるところにあり、路地には屋台がいくつも出ている。

さらに馬車が通り過ぎたり、お城っぽい建物が遠くに見えたり……中世ヨーロッパのような風情を感じる。

すげぇ……この世界の街に来たのは初めてだが、なんか感動してしまう。まるで映画の世界に入り込んだみたいだ。

おっといかんいかん。感動していてもなにも進まない。

「なんとかベーリアに入れたな。出費は痛かったが仕方ない」

そこらに出店があるのもあって、銀貨三枚でいろいろ買えたなぁと考えてしまう。

だが仕方ない。入街料なしで街に入るのは無理……。

「夜に空を飛んでコッソリ侵入すればよかったのでは？」

「…………い、いやダメだろ。ほら、法律的に」

少し気持ちが揺れ動いたが振り払う。去れ、心の悪魔よ！

「リュウト、あのお店の包丁欲しい。買って」

「包丁なら家のものがまだ使えるだろ」

「ケチ」

イーリは無表情ながらも少し不機嫌そうだ。

まだ小さい女の子だもんな、街に来てはしゃぐ気持ちは理解できる。商談が無事に終わったら、少しくらいなにか買ってあげてもいいかもな。

というか俺も美味いモノ食べたい……あまりお金はないけど。

「おかしいですわね。以前にこの街に来た時は、もっと美味しそうなモノを売ってる店が多かったのに。全然食べ物が売ってませんわ」

ミナリーナが周囲を見回しながら呟く。

言われてみれば出店は壺とか衣服とかばかりで、調理の出店が全然ないな。街の賑わいを見てもありそうなものなのに。

八百屋っぽい露店もある。だがまるで、買いあさられたように置いてある野菜が少ない。いまは早朝で、まだ店を開いたばかりだろうに。

それによく見たら、そこらを歩いてる人も武装している。俺はこの世界の街並みに詳しいわけではないが、鎧姿の者が多く歩いているのが普通なのだろうか。

「……なんだろうな？　まあひとまず遊びや買い食いしに来たわけでもない。商人の店に行こう」

内心買い食いしたい気持ちを隠しつつ、俺たちは門番に教えてもらった商店のひとつへと向かった。

そして商店の中に入るが、これまた品ぞろえが悪い。店の棚の大半になにも置かれていない、まるで潰れる寸前の状態だ。

棚を触っている店員がいたので話しかけたのだが。

「新しい商談？　いまはそんなの聞いてる余裕ないですよ！　貴方たちも分かってますでしょう！」

「えーっと……何がでしょうか？」

「言わなくても分かるでしょう！　うちもいろいろと仕入れて国に売らないと！　ここで

なんとか儲けないと我が商会は……いや忙しいんだからさっさと帰ってください！」

俺たちは商店から追い出されてしまった。けんもほろろとはこのことだ。

「どういうことだ？」

「もう一度入って聞いてみたら？」

「あの剣幕じゃもう教えてくれない気がする……商人じゃなくて金銀細工師の店に行ってみよう」

今度は金銀細工師というか鍛冶屋の店に出向く。この店は金銀も鉄も打てる鍛冶師がやってるらしい。

だが今度は入った店の棚は完全に空どころか、そもそも店番すらいなかった……。

「なんで留守なのに扉の鍵が開いてるんだ……ん？　なんか血の匂いがするような……」

匂いの元を探ると店のカウンター辺りに血痕がついていた。おそらくつい最近、例えば昨日などについたものだろう。

「しますわね。きっとなにかあったのでしょう。例えば吸血鬼に襲われたとか」

「現在進行形だね」

「俺たち襲ってないぞ……しかしこの店には誰もいなそうだな。一日くらい前になにかあったようだし」

流石にどうしようもないので店を出る。

「どうなってますの？」

「分から……おっとすみません」

通りすがりの人に体が軽く当たってしまった。

「いえいえ。こちらこそすみません」

当たってしまった人は神父服を着ている。何故(なぜ)か腰に剣を下げているのが不思議だが。

……ついでにこの人に話を聞けないかな？　神父なら親切にしてくれそうだし。

「すみません、ちょっと申し訳ないのですが聞きたいことがありまして」

「おや？　お貴族様がなんの御用ですかね？」

神父は話をしてくれそうだ。やはり聖職者はいい人なのだろうか。

なんでか少しニンニク臭いけど。

「ああいや。俺は貴族ではありません。じつは連れと旅をしていまして、この街にやってきたら少し騒がしく感じました。何かあったのではと」

貴族と思われると迂闊(うかつ)なことを言えないと、口を堅くしてしまうかもしれない。

なので家族連れと伝えることにした。幸いにも俺とミナリーナなら、少し若い夫婦に見える……かもしれない。

「あー……それなら早くここから離れたほうがいいですよ。隣国のダンケーが国境付近まで近づいているらしいのです。たぶん戦争になります。下手すればここも攻められる恐れがありますよ」

「戦争!?」

思わず叫んでしまう。隣国と戦争って物騒な。

「シルバリア王国は最近弱ってましたでしょう。それに乗じてダンケーが攻めてきたのです。最近の我が国は失策続きな上に、作物の実りも悪かったので」

あー……シルバリア王国は失策続いてたのか。

その上で収穫も悪いとなれば厳しいだろうな。俺がドラクル村の皆を保護したのも、領主がかなりの重税を課していたからだし。

つまりシルバリア王国の失態が理由というわけで、俺にできることは特には……。

「特に致命的だったのは、吸血鬼村の件ですね」

………ん？

「えっと、それはどういう……」

「決まっているでしょう。吸血鬼の村が出現して、領主の軍が負けたのですよ？　王の求心力もだだ下がりだし、隣国がしかけてくる理由にもなります」

「そ、そうですか……」

「おや、どうされました？　顔が少し青い気がしますが」

「い、いや戦争が起きると聞きましてね」

顔に出ているのを必死に誤魔化すが、俺は冷や汗をだくだくとかいていた。

……………戦争が起きるの俺のせいじゃないか!?

「ありがとうございます！　現在の状況が理解できました！　ちょっとこの街から離れることも視野に入れますね！　神父様も無事に逃げられたらいいですね！」

「私はこの街に住んでいるわけではないのですよ。そのうち離れますので、貴方が逃げられるのを祈ってます」

「ありがとうございます！」

俺は罪悪感に締め付けられながら、神父にお礼を言って早々と別れる。

そして人気のない路地裏に駆け込んだ。

「あー……あの神父、かなりニンニク臭かったですわ……」

ミナリーナがすごく不快な顔をしている。確かに話しているうちに臭いがキツくなっていったな。

だが、いまはそれどころではない。

「……隣国が攻めてきてるってマズイよな」

思わず確認のように愚痴る。

確かに言われてみれば、これまでの街の様子も納得かもしれない。

隣国が攻めてきたということは、すぐにでも戦争が起きる可能性が高い。

だから街には武装している者が多く、食料の類いが不足している。兵糧のために徴集などされたのだろう。

そして商人たちは稼ぎ時とばかりに動いていると。

街に入る時に門番に「武運長久を」と言われたが、俺たちが貴族っぽいから戦争のために来たと勘違いされたのかも。

貴族は土地などを国からもらっている代わりに、戦争時には戦う義務があるからな。

現在の状況に納得はできた……問題は俺がこの事態の原因であることだが。

「どうするんですの？　これだと他の商店も話を聞いてくれない気がしますわ」

「おうちに帰る？」

「いや……この状況を知らんぷりして帰るのは、さすがに良心が死ぬ……」

俺のせいで戦争が起きるとかさすがになぁ？

いや領主軍と戦ったりしたんだけど、それとこれとは別というか!?

「じゃあどうしたいの」

イーリが俺のほうをジッと見てくる。

どうしたい、か……そうだな。俺には力がある、なんでもできそうなほどの力が。

であるならば……好きにやらせてもらってもいいか。

「戦争を止めようと思う」

「他所(よそ)同士の争いに手を出すんですの？　面倒事になりますわよ？」

「面白そう」

ミナリーナは難色を示し、イーリが少し目を輝かせた。

「別に面倒事にはならないさ。俺なら隣国の軍がどれだけいようとも、無双して終わらせることができる」

俺には吸血鬼固有の弱点がない。つまりは無敵だ。

どれだけ敵がいようとも負けることはないのだから、敵の数など脅威にはなり得ない。

「でもリュウトが全部殺しちゃったら、それはそれで戦争の火種になりそう」

「そうですわね。隣国の敵軍を壊滅させたら、当然ながら隣国の守りがなくなる。今度は逆にシルバリア王国側が攻めて行く可能性もありますわ」

「戦争って難しいね」

「人間は面倒ですわよね」

イーリとミナリーナが淡々と、戦争を止める難しさを語っていく。

確かに彼女らの言うことは間違っていない。俺が考えなしに暴れたら、それはそれで新たな火種になりかねない。

ドラクル村を興したことが今回の戦の原因のひとつなのだから、同じ轍(てつ)を踏むのはダメだろう。

「敵軍に被害をあまり出させずに、撤退させればいいんだよ。そうすれば軍事バランスは崩れずに元通りになる、たぶん」

「確かにその通りですわね。でもどうやってするつもりですの？」

「隣国が軍を維持できないようにすればいい。戦争には必須なモノがあるので、それをなくしてしまえば撤退する」

「必須なモノ？　なんですのそれ？」

首をひねったミナリーナに追従するように、イーリが小さく手をあげた。

「命、武器、女、金、報酬、馬、略奪、金」

「それだけ言ってなんで食料が出てこない……しかも金って二度言ったぞ」

大勢の軍を維持するには兵糧が必須だ。

それも膨大な量がいる。なにせ何千の兵士を毎日食わせる必要があるのだから。

古来、兵糧問題で撤退する軍は数えきれないほどいるし、兵糧攻めなんて言葉もあるくらいだ。

「そこらの草を食べよう」

「馬じゃないんだから」

「そこらの人を襲えばいいと思いますわ」

「吸血鬼じゃないんだから。話を進めるぞ」

イーリとミナリーナの言葉をいなしつつ、俺はさらに説明を続けることにした。

「国の軍ともなれば、兵糧も一か所に集めてるはずだ。それを強奪してしまえば、撤退せざるを得ないと思わないか？」

「なるほど。リュウトが何千人分の食料を全部食べると」

「強欲ですわね。そんなにお腹(なか)空(す)いてましたの？」

「食えるか！　普通に兵糧置き場を占領されて取り戻せなかったら、隣軍は撤退していくだろ！　なにせ食料が得られなくなるわけだからな！」

　これは俺という単騎戦力だからこそできる策だ。

　当然ながら軍にとって兵糧はすごく大事で、盗(と)られないように後方の安全な場所に置いているだろう。警備も万全で奪うのは難しい。

　それに状況次第では危険を察して、兵糧を運んで逃げられる恐れもある。例えば敵軍の動きが兵糧狙いだと勘づけば、その時点で対策をとってくるだろう。

　だが俺ならば話は別だ。個人の動きを察知するなどほぼ不可能だからな。

　こっそり忍び込んで暴れたらいいのだ。

　別に軍と正面から戦っても楽勝だが、そうすると隣国に多大な被害を与えかねない。

　するとイーリが小さくうなずいた。

「兵糧庫に陣取って無双して、敵軍お腹ペコペコ撤退作戦」

「合ってるが、もう少しカッコいい名前にならないか」

「じゃあ吸食鬼(きゅうしょくき)作戦」

「それはそれでなんか響きが……まあさっきよりはマシか」

給食を連想してしまうがいいか。食を吸い取ってるのは事実だし。

「敵がお腹空いてるのを見つつ、食べる兵糧は美味しそう」

「性格悪いからやめなさい」

「少しくらい隣国の兵士を味見するのはよろしくて？　ほら特に美味しそうな精強な殿方がいたりしたら」

「ダメです。じゃあ異論もないようだし、隣軍に忍び込んで兵糧保管場所まで潜入を……」

「待って。聞きたいことがある」

イーリがマジマジと俺を見てきた。

いつの間にか右目の眼帯を外していて、黄金に輝く目が俺を捉えている。

「どうした？　吸食鬼作戦になにか問題が？」

「そうじゃない。わざわざ頭を捻(ひね)ってまで、戦争を止めたい理由を教えてほしい。放置したって私たちは大丈夫なのに。良心が死ぬだけ？」

……イーリはちょくちょく、俺の行動原理を気にするよな。

良心が死ぬってだけで納得してくれそうなものなのに。

「人の娘……いえイーリ、貴女は細かいことを気にしますわね」

「ミナリーナが雑過ぎるだけ」

「ワタクシは雑なのではありません！　細かいことを気にしないだけですわ！」

それを人の間では雑と言う。まあいいや、イーリのお望みに応えるとしよう。

「理由はいくつかある。良心が死ぬのもそうだし、戦争を解決したら商人と契約が結べそうなのもある。だがそうだな、結局のところ……戦争なんて止められるなら起きないほうがいい」

話しているとポロッと本音が出てきた。

うん、戦争なんて起きないほうがいい。俺は簡単に止める力があるならば、多少の手間を惜しまずにやるくらいにはそう思ってるようだ。

別に戦わないわけでもないし、村に敵が攻めてきたら迎撃もする。だけど不要な戦いは避けたい。

「吸血鬼っぽくない。そこは人の血が無為に流れるなんてもったいない……俺の取り分が減る。とか言うべき」

「普通の吸血鬼ならそう言うと思いますわ」

「まじかよ、普通の吸血鬼も戦争否定派だったたか」

言われてみれば吸血鬼にとって人は食料だ。食料同士が殺し合うのは、あまりいい気分ではないな。

人間だって美味しい牛同士が争って数を減らしたら悲しいだろうし。

イーリは俺の言葉に納得したのか、ほんの少しだけ笑った気がした。

「分かった。じゃあくだらない戦争を止めよう」

「いまのでいいのか？」

「リュウトが吸食鬼なことが分かったから」

「あ、そう……」

やはりこの眼帯少女のことはよく分からない。

……あ、もしかしてイーリも俺のことがよく分からないからか？　だからこんな感じで魂胆をよく聞いている？

そう思うとイーリのことが、俺を探る可愛らしい少女に見えて……、

「敵軍の剣を奪って、新しい包丁に使えないかな」

「不便すぎると思いますわよ。それに人を殺したブツかもですわ」

「じゃあミナリーナが舐める用だね。血が染みついてて美味しい」

「鉄くさい棒を舐めるのは御免被りますわ！」

いやそこまで深く考えてないか……？　ただ頭に浮かんだことを脊髄反射で言ってるだけかも。

「コホン。そういうわけで敵兵糧場を占領して、敵軍を兵糧攻めで撤退させるぞ！」

「おー」

「仕方ありませんわね。ワタクシも行ってあげますわ」

これで敵軍に潜入することに決まったな。

するとミナリーナはイーリを見て告げてくる。

「ところでこの小娘……イーリも連れて行きますの？　ちょっと目を離したら死にますわよ？　下手したら剣が心臓に刺さったくらいで」

「それは下手しなくても即死なんだよなぁ……」

吸血鬼換算で物事、いや人事を考えないでほしい。

確かにイーリを戦場に連れて行くというのは、少し危険が伴う可能性はある。

「そんな目を離したらどこかに行く子供みたいに言うな……俺たちのそばにいた方が安全だろ。街で独りにする方が不安だ」

だがいくら戦場とは言っても、俺とミナリーナが守れば大丈夫だろう。

特級以上の吸血鬼二人の護衛なんて、たぶん世界最強の警備態勢だ。たとえ戦場であろうとも、これより安全な場所なんてそうそうない。

「大丈夫。アリエスの銀鎧を装備したまま出る」

「それ、吸血鬼以外だと大して役に立たないぞ……まあ鎧はいいだろ。夜に紛れて潜入する予定だから、むしろ邪魔になりかねないし」

「じゃあこの鎧どうしよ。邪魔だし置いておける場所がない」

イーリがそう呟いた瞬間だった。

「ならば！」

空から声が聞こえる。

「私たちに！」

さらに足もとの舗装された道の下から。

「お任せください！」

そして後ろから声。見上げるとコウモリ、振り向くと蛾が飛んでいた。

彼らは俺の眷属であるコロランとガンだ。

あれ？　残りの一匹のモグランはなんで出てこないんだ？

「えーん！　舗装されてない地面がなくて出られませんー!!」

地中から泣き声が聞こえてくる。

……なんかコンクリートに閉じ込められたセミの幼虫みたいだな。

「ちょ、ちょっと待ってください！　すぐに地面探して出てきますから！」

モグランの声が聞こえたのでしばらく待っていると、彼は路地裏に走って入ってきた。

「お待たせいたしました！　我ら！」

「「「栄光輝く眷属(シャイニング・ファミリアズ)にお任せください！」」」

「路地裏って日陰者ズにお似合いの場所だよね」

「「「栄光輝く眷属(シャイニング・ファミリアズ)!!」」」

イーリに反論する眷属たち。この四人？　は顔を合わせるとだいたい喧嘩(けんか)している。

「というかお前たち、俺についてきてたのか？」

「はい！」

「我ら、リュウト様の眷属として！」

「頑張って……」

「「「ミナリーナ様のドレスの中に入れてもらってました！」」」

……思わずミナリーナに視線を向けると、彼女は少し考え込んだあとに。

「ああ、そういえば頼まれてドレスにしまいましたわね。完全に忘れてましたけど……」

気まずそうな顔をするミナリーナ。

そういえば彼女のドレスは変身魔法で造ってるから、見た目より遥(はる)かに物が入るとか言ってたなぁ……。

「叫んでも出してもらえなかったので、頑張って脱走しました！」

「ドレスの中は苦しかったです！」

「死ぬかと思いました!!」

モグランたちは必死に叫んでいる。たぶん相当きつかったのだろう。

「ミナリーナ……忘れてやるなよ、出してやれよ……」

「ごめんなさいですわ……普段は生き物をしまうことはないから、つい……」

「蚊帳の外にしてしまったと」

「むしろ蚊帳の内に閉じ込められてる気が……」

イーリにツッコミを入れておく。

……ん？　待てよ？　モグランたちは、ミナリーナのドレスにしまわれたんだよな？

ミナリーナがドレスにモノをしまう時って、胸元に……これ以上考えるのはよそう。

「それでモグランたち。銀鎧をどうするつもりだ？」

「このモグランが街の近くに地下室を作ります！　そこに置いておけば万全です！」

「なるほど、簡易の宝物庫みたいなものか」

宝物を保管する場所はだいたい地下だ。

地下の理由は警備上の問題かな。侵入者は必ず地下に降りるのに入り口を通るし、守りやすいとかだろう。

なんにしても銀鎧を保管するのに、地下室を掘るというのは理にかなっている。

「じゃあモグラン、頼んでいいか？」

「お任せください！　このモグラン、身命を賭して掘ります！」

これでイーリが銀鎧をつけて、隣国の軍に潜入する必要はなくなったか。

「では掘る場所は……そこらの家の庭でよろしいですか？」

「よろしくないだろ……」

「人間の法律には、人の家の地下に穴を掘ったらダメというのはなかった気が！」

「法の抜け穴を掘るな……というかあるだろ、たぶん」

この世界の法律に詳しくはないが、勝手に地下を使ってはダメくらいのルールはありそうだ。

なかったとしてもよくないだろうからやらないけど。

「街の外にすべきだな。どうせ夜まで時間はあるし、俺たちも一緒に行くよ」

こうして俺達は街の外に出て、モグランたちの穴掘りを手伝うのだった。

そういえばドラクル村は大丈夫だろうか。


私はアリエス。吸血鬼狩りとして大活躍して、『銀の聖女』と呼ばれていた者だ。

……いまは吸血鬼狩りギルドを抜けたから、何者でもないんだけどね。

そんな私だがいまは何故か……家の前で吸血鬼が食べるための血を作っている。

血のスライムみたいなのに、教えられた分量で塩とハチミツをぶち込む。すると血スライムは勝手に跳ねて捻(ね)じってと動いていく。

……いや本当に私は何をしているのだろう？

「アリエスお姉ちゃん。吸血鬼さんのお食事を作ってるの？」

後ろから声がしたので振り向くとメルちゃんがいた。

この娘(こ)はすごく健気(けなげ)で頑張り屋だ。ここの村人の中で、たぶん最も吸血鬼相手に仲良くなろうとしている。

吸血鬼への偏見がないという意味ならイーリさんだが、仲良くなろうとしているのはメルちゃんだろう。

「そうよ。なぜか吸血鬼のエサを作るように仰せつかってね。私に頼むことじゃないわよね」

「そ、そんなことないよ。ほらアリエスお姉ちゃんなら、えっと……吸血鬼を狩ってきた経験から、美味しいモノが作れるかも！」

「メルちゃん、無理して褒めないでいいのよ？」

そんな、猪(イノシシ)を狩る猟師だから、猪の好きな物を把握してるみたいな……。

私が把握してるのはせいぜい、吸血鬼が好みそうな血を持つ人間が分かるくらいで……案外アリなのかしら？

……いやナシね。猟師にエサを作られて喜ぶ狼（オオカミ）はいないわよ。

「じゃあメルちゃん、私はそろそろ……」

「吸血鬼さんたちのお家（うち）に行くの？　私も行っていい？」

「危ないからついてきたらダメよ。あいつらがいる時ならまだともかく」

吸血鬼たちの住み処（か）。ドラクル村血下大迷宮（イーリさん命名）。

あそこは吸血鬼の跋扈（ばっこ）する魔境だ。住み処だから当然なんだけども。

そんな場所にメルちゃんを連れて行くわけにはいかない。吸血鬼たちの魔が差して、いきなり襲ってくる可能性もあるのだから。

「……やっぱりダメ？」

メルちゃんが少し悲しそうな顔をしているが、私は小さく首を横に振った。

「ごめんね。私は自分の身を守る自信はあるけど、他人まで守り切れるかは分からないの。あいつなら可能なんでしょうけどね……」

あの理不尽な吸血鬼ならば、吸血鬼の群れ相手でも楽勝だろう。

だけど私では無理だ。私には怪力も再生能力もなければ、あいつほど強い聖魔法は撃てない。

「リュウトお兄ちゃん、大丈夫かなぁ」

「大丈夫に決まってるでしょ。心配なのはベーリア街の人たちよ。あいつが余計なことして問題を起こさなければいいけど……」

「なんだかんだでアリエスお姉ちゃんも、リュウトお兄ちゃんのこと心配してるんだね」

「してないわよ!? 私が心配してるのは、街の人とイーリさんだからね!?」

「そういうことにしておいてあげるね！」

メルちゃんはそう言い残すと走り去ってしまった。

……そういうことというか、冗談抜きで私はあいつのことは心配していない。

だって心配する必要が皆無だから。聖魔法でもニンニクでも死なない吸血鬼を、逆にどうやって心配すればいいのか。

イーリさんが無事かどうかを考えるならともかく、あいつが大丈夫かなんて時間の無駄だ。

「あいつ、また問題起こしてないでしょうね？ いや今回は街に出るだけだし、そうそうトラブルも起きないか」

そう結論づけて、血スライムを連れて吸血鬼たちの住み処に潜った。

吸血鬼たちは各々、血スライムを手で小分けにして吸い始める。

「人血注入肉はどうした？」

「イーリさんがいないから無理よ。私は貴方たちの好む味なんて分からないし」

「はぁ……これだから吸血鬼狩りは」

「あの眼帯少女を見習って、少しは我らの口に合わせる努力をして欲しいものだ」

吸血鬼たちは一斉にため息をつく。

……エサを用意してやった私への言葉がこれ⁉　聖魔法ぶっ放してやろうかしら……。

「こらこらお前たち。食事をもらったのだから、まずは感謝をすべきだろう。ありがとう、お嬢さん」

そしてコウモリ頭の吸血鬼だけが、私に礼儀正しくお辞儀をしてくる。

こいつはなんというか、色んな意味で変わってるわよね……私も吸血鬼を多く見てきたけどこんなタイプは初めて見る。

そんなことを考えていると、まだ血スライムが残っていることに気づく。

あれ？　血スライム一体で、ちょうど吸血鬼たち全員の一食分と聞いていたのだけど。

周囲を見回してみると、サフィと呼ばれてる娘が血を吸うこともなく壁を背におずおずと立って、私のほうを見ていることに気づいた。

「ひっ……⁉」

サフィと私の目が合った瞬間、彼女はうずくまって顔を隠してしまう。

「すまない、サフィは少し臆病でね。強い吸血鬼がそばにいないこの状況では、君のことがかなり怖いようだ」

サフィはびくびく震えてうずくまり続けている。私を見たくないとばかりに、腕に顔を埋めて。

「そ、そうなの？　吸血鬼って怖がるものなのね」

「我々吸血鬼の半数以上は、元々は人間だったものだぞ？　喜び、悲しみ、怒り、恐怖など人の感情を持ち合わせているさ」

ベリルーが指を立てた。

吸血鬼の増え方は二つある。一つは人が噛まれて、吸血鬼にされてしまうこと。

そしてもう一つは吸血鬼同士で子供を産むこと。

後者はともかくだ。前者の元人間の吸血鬼ならば、そういった感情を持っていて当然よね。

……この村に来る前の私は、それすら理解できてなかったのだけど。

これもあいつの影響でしょうね。

「どうやら私がいると邪魔みたいね。もう出るわ」

「すまない。サフィに代わって謝罪する」

「いいわよ。吸血鬼狩りが吸血鬼に恐れられるのは当然なんだから。代わりと言うなら、人が吸血鬼を恐れることも許してあげて」

そんなことをベリルーに告げると、何故か他の吸血鬼たちが寄ってきた。

「それこそ当然だ。我々は人に恐れられても、まったくこれっぽちも気にはしない！」

「むしろ怯えてほしいくらいだな！　人の悲鳴を聞くのは心地よい！」

「悲鳴をあげた人間の方が、美味しく感じることあるよな」

「……あんたたち、少しは恐れられることを気にしなさい」

そんなことを言い残して、最後にサフィをチラリと見てから私は地上に戻った。

サフィという娘のことは少し気になるが、私がどうこうするものでもないだろう。

「そろそろ寝ないとまずいか。晩は吸血鬼たちの作業を、監視しないとダメだし……」

まだ昼になってすぐだが、家に戻って自宅のベッドに寝転び眠ることにした。

それにしても吸血鬼狩りの私が、吸血鬼と仲良く話す日が来るとは思わなかった。

もちろんまだ思うところはあるけれど、それでも信じがたいことだ。

……ただ、これからどれだけ吸血鬼の知り合いが増えたとしても、サイディールだけは許さない。

あいつは村の皆の仇だから、もう相手が吸血鬼だとかにかかわらず絶対に殺す。

もしサイディールを殺せたら、もっと吸血鬼たちへの心の壁はなくなるのだろうか？

いやそもそもあいつを狩ったあと、私は吸血鬼狩りを続けるのだろうか？

「今からそんなこと考えても仕方ないわね……寝よ」

なんとなくそんな悩みを抱きながら、目をつぶった。

そして目が覚めると日が暮れていたので、再び吸血鬼血下大迷宮へ降りると。

「遅いぞ吸血鬼狩り！　すでに我らはやる気満々だと言うのに！」

「酒場を建てるのだろう！　我ら吸血鬼の力を見せてやろうではないか！」

吸血鬼たちは準備万端とばかりに私を待ち構えていた。

そして私の引率で外に出ると、

「ではまずは木材を集めに森に行くぞ。構わないな？」

「え、ええ……」

吸血鬼たちは森に向かい、さっそく作業を始めた。

「ジェアッ！」

吸血鬼たちは太い木を足で蹴って切断し、簡単に丸太を作っていく。すごい手際、いや足際だ。

普通の大工ならノコギリで時間をかけて切るものを、一瞬で蹴り割いてしまうのだから。

「よいしょっと」

そして大きな丸太を肩に軽々と担いで、口笛を吹きながら村へと運んでいく。

普通なら力自慢数人がかりで運ぶものなのに……やっぱり吸血鬼の力は脅威ね。

「よーし！　ある程度伐採したら、次は木材にできるようにしていくぞ！　私は大工の知識を持っているから指示は任せろ！」

「俺も元大工だぜ！」

……吸血鬼たちを労働力にするのって、実はかなり理にかなってるのかしら？

少し微妙な気持ちになっていると、私のそばに手紙をくわえたコウモリが飛んできた。

おそらくあいつからの手紙だろう。毎日手紙を送るとか言ってた気がする。

まあどうせ何事もないだろう。あいつのことだから、「〜が美味しかった」とかでしょ。

そう思いながらコウモリから手紙を受け取って読んでみると。

——戦争に参加することになった。リュウトより。

「!?!?!?!?!?」

思わず手紙を握りつぶしそうになるのをこらえる。

なに!?　どういうことなの!?

「なんで……なんで街に買い物に出て、戦争に参戦することになるのよっ!?」

私は勘違いをしていた。あいつのこと少しは分かるようになってきたと。

でもやっぱり全然分からないわね!?　お使いみたいなノリだったのに、一日目で戦争ってなんなのよ!?

「こんな重大事件を一行で書くんじゃないわよ⁉　ああもう！　返事！　返事の手紙書かないと！」

「じゃあの」

「ちょっと⁉　コウモリ⁉　待って⁉　返事書くから待って⁉」

第3章

吸血鬼、戦争に横入りする

街から少し離れた場所でモグランが地下室を掘って、アリエスの鎧を保管している間に周囲は薄暗くなっていた。

作戦を決行する時が来たようだ。

「そろそろ時間だな」

「吸血鬼の闇夜の宴が始まる」

「そんなもん始まらん」

右目を光らせるイーリにツッコむ。この少女、わりと中二病入ってると思う。

「それでどうしますの？　隣国軍の兵糧保管場所を占領するにしても、どこに置いてるか分かりませんわよ」

ミナリーナが血の入った小瓶に口をつける。たぶん晩飯だろう。

「上空から見渡して確認すればいい。運搬や保管を考えれば、食料は一か所に固めてるだろうし」

敵軍も兵糧の保管場所を隠したりはしているだろうが、夜空からの索敵は計算外だろう。

これは人間にはできない方法だ。昼ならば鳥の使い魔がいるので可能ではある。アリエスもやってたしな。

だがアリエス曰く夜目が利かないので、夜の闇の中では無理とのことだ。

つまり昼は布などで隠されている恐れがあるが、夜は無警戒の可能性が高い。

そもそも使い魔を使える者がそうそういないので、空からの目を考慮していないかもしれないが。

忘れがちだがアリエスは吸血鬼狩りとしては優秀なのだ。特に聖魔法などの関係では、おそらくトップクラスだろう。

「さあ行くぞ。空から兵糧庫を見つけて、そのまま潜入する」

「そして全部たいらげる」

「食わないっての。ほら抱っこするから近くに来い」

「はーい」

「相変わらず親子みたいですわね」

俺はイーリを抱きかかえて、背中に翼を生やす。

ミナリーナも同じようにして、俺たちは夜空へと飛び立った。

少し遠くには隣国の軍が、布の陣幕を張っているのが見える。一般の兵士たちは休息中のようで、陣幕の外で地面に座って焚き火をしている者が多い。

兵数は……たぶん五千以上はいそうだな。正確に数えたわけではないけど。

「ものすごく油断してますわね。もし襲撃されたらどうするつもりか気になりますわ」

「夜襲は難易度高いからな。そうそう仕掛けてこないと踏んでるんだろ」

「？　なんで夜に襲撃するのは難易度が高いのですの？」

「人は夜目が利かないからな」

夜は人間の天敵みたいなものだ、周囲が見えないのだから。その中で大勢の兵を統率しての襲撃はかなり難しい。

まず夜襲は不意打ち前提なので、基本的に少数の兵士での攻撃になることが多い。失敗して敵軍にバレると逆に仕掛けた側が危険になる。また松明(たいまつ)などの火をつけていると発見されやすいし、敵味方の区別がつかずに同士討ちもあり得てしまう。

つまり夜襲は難しいということだ。歴史だと華々しく奇襲や夜襲が成功して……という話が多いが、あれはあくまで成功例だからな。

その裏でどれだけの失敗があったかは、まったく記載されていない。

「人間は夜目が利かないなんて不便ですわよねぇ……つい忘れがちになりますわ」

「人間からすれば、太陽に当たれない吸血鬼の方が不便だと思うだろうさ。だからこそうまい具合に補えれば共生できる」

「私たちがすやすや寝ている間に吸血鬼に働かせる」

「そう言うと途端に搾取に聞こえるなぁ……」

そんなことを話しながら地上に目を凝らしていると、軍の後方に馬車の荷台が多く停(と)まっているのが見えた。

さらに馬車の荷台の中に、パンなどが詰まっているのも確認できる。

いやー吸血鬼の視力って便利だな。本気で見ようと思えば望遠鏡レベルじゃないと無理なところも視認できる。

「どうやら後方に兵糧を集めてるようだ。ほら馬車があるだろ」

「確かに美味しそうな馬ですわね。馬は人とは違って、また独特な血の味がしていいのですわ」

「違う、それは兵糧じゃない。馬車の中のパンとかな」

どうやら吸血鬼は馬の血も吸うようだ。

…………美味しいなら吸ってみたいかも。いやほら馬肉とかあるし。

でも馬ってこの世界だと貴重なんだよな。馬は現代日本でいうなら車みたいな移動手段だし、それを食べていいのかは疑問が……いまは考えないようにしよう。

「とりあえずあの辺にコッソリ忍び込むぞ。占領するにしても、現場を見てどういった方法をとるか決める」

「つまり行き当たりばったり」

「現場主義と言ってほしい。それに行き当たりばったりだからこそ柔軟な動きができるんだよ。あっ、どうせなら変身魔法を使って、兵士に姿を変えればいいんじゃないか?」

我ながら早速妙案を思いついたな。

変身魔法で兵士に化ければ、この場に紛れ込んでいても問題がない。

そうすることで軍の情報を摑んで、より作戦を立てやすくなる完璧な作戦……。

「私は変身できないけど」

「あっ」

「行き当たりばったりの弊害が早速出てますわね」

やはり計画性は大事だな……今後は色々考えてから動くように気を付けよう。

「私に策がある、リュウトのダメダメを補う策が」

するとイーリがそんなことを言い出した。

「ダメダメって……いや否定しきれないけどさ。どんな策だよ」

「まずリュウトとミナリーナは兵士に化ける。そして私は、近くの農村で捕らえられた哀れな少女になる。ようは戦利品」

「なるほど」

戦争には略奪が付き物だ。

そもそも進軍の兵糧などは、現地での略奪を前提に考えられている時もある。

そして略奪するのは食べ物だけではなく、人も当然ながら含まれるわけで。

「私は美少女過ぎて捕まった少女イーリ。そしてそんな私を下卑た目で狙うリュウトとミナリーナという演技でいこう」

「下卑た目は必要か？」

「ワタクシもですの？　同性ですわよ？」

「じゃあいっそミナリーナも捕まった態で。リュウトは普段通り、ミナリーナの胸の谷間を見てればいい」

「見てないからな？」

こうして俺たちは夜の闇に紛れて、馬車の集められている場所の近くに降り立った。

そして変身魔法を発動して、俺は鎧を身につけた兵士っぽい姿になる。

隣国の軍の兵士の装備はバラバラで統一感がないので、なんとなくそれっぽい服装で誤魔化すつもりだ。

「えーっと、ワタクシはどう変身すればいいのですわ？」

首をかしげるミナリーナに、イーリがグッと親指を立てた。

「ミナリーナはそのままでいい。貴族令嬢の戦利品は価値が高い」

「そうなんですのね」

「価値が高いって、おい」

ミナリーナは特に姿を変えないことになった。結局、俺が鎧姿になっただけな件について。

だがイーリはまだ満足していない雰囲気で、ミナリーナをまじまじと見る。

「首輪とかも欲しいところ」

「ワタクシの分なら変身魔法で作れますわよ」

「そこまでしなくていいぞ……最悪バレてもなんとかなるんだから」

バレたら逃げるなり戦うなりすればいいだけだからな。極力戦いは避けたいが、負けることはないのだから。そんなわけで兵糧置き場の方へと歩き始める。

すると近くで焚き火を囲って酒盛りしてる兵士たちが、俺たちの方をじろじろと見てきた。

やはり誤魔化しきれないだろうか？　まあそれなら戦うだけ……。

「うわぁ……あいつうまくやったなぁ」

「女二人とか完璧じゃねぇか」

「しかも片方は令嬢っぽいぞ……」

なんか、いけそうだ。イーリが少しドヤ顔で俺を見てくる。

無視して周囲を見回すが、やはりパンなどは馬車の中に積まれていた。

当然ながら護衛の兵士たちはいるが物の数ではない。ぶっちゃけたとえ何千人いても負ける気はしないが。

耳を澄ませて、兵士たちの雑談も聞いていく。なにか役に立つ情報があるかもだからな。

「しかし今回の戦は勝てるのかねぇ」

「シルバリア王国はズタボロだから勝てるだろ。ベーリアを占領したら、金や女が得られるだろうし楽しみだ。シルバリア王国が不作で、我が国は豊作だったのが幸いだったな」

「吸血鬼に村を作られるとか終わってるよな。さっさと討伐してしまえばいいのに。どうせ吸血鬼村の長（おさ）なんていっても、大したことない奴（やつ）だろうに」

「明らかにイキッてるよなぁ」

……ちょっとボコってきてもいいだろうか？　いや普通の人間が吸血鬼を悪く言うのは仕方ないか。

彼らの言動を腕力で黙らせるのではなく、共生を見せてぐうの音も出なくさせないとな。それはそれとしてあいつらの顔は覚えたから、いつか機会があれば少し反撃してやろうと思う。

しかし隣国は豊作なのか。それなら彼らの持ってきた兵糧がなくなっても、国元へ帰れば食料はありそうだな。

より追い返しやすくなったのは幸いだ。これで隣国も不作で……とかなら、兵糧をほぼ全部もらうのはちょっと気兼ねするところだった。

さらに耳を澄ませていくと、どんどん周囲の声が拾えてくる。

「あの男、女を二人も侍（はべ）らせやがって。殺して盗（と）ってやろうか。そうしたら俺が二人とも可愛（かわい）がって……」

「俺さ。今回の戦で手柄を立てて、付き合ってる娘（こ）と結婚するんだ……」

「土地を取り戻すためにも、ここで稼がないと……」

やはり隣国の兵士にもいろいろな想いがあるようだ。

だからと言って俺が妨害をやめることもないけどな。兵士たちは戦争で儲かるかもしれないが、巻き込まれる平民はたまったものではない。

……俺も気を付けないとな。自分の力が強すぎるから、好き放題に振る舞ったら本当に酷いことを引き起こしかねない。今回の件だってそうだ。

やはり人間は謙虚が大事だな。いや、いまの俺は吸血鬼だけど。

「さてと。じゃあそろそろ具体的に」

「さっさと兵糧を燃やしてしまわないと……」

……ん？　なんか変な話が聞こえてきたような。

「なあ、なにか聞こえなかったか？　兵糧を燃やすとか」

「聞こえない」

「聞こえましたわね」

イーリには聞こえておらず、ミナリーナの耳には入っている。

つまり気のせいではない。また人の耳では聞こえないが、吸血鬼の聴力ならば聞き取れた。つまりかなり小さい声か、離れた場所での事件ということか。

声のした方向に走りながら周囲を見回していく。

「チッ。気づかれる前にさっさとやった方がいいか……」

するとさらに小さな声、おそらく独り言が陣幕の中から聞こえてきた。

急いでその陣幕に飛び込むと、松明を持った兵士が幕に火をつけようとしている⁉

「なにをしているっ！」

俺は即座に肉薄してそいつの両手を掴んだ。

そいつは兜をしていて顔が完全に隠れている。服装も普通の革鎧で、傍から見ればただの兵士にしか見えなかった。

「……ッ⁉　バカな⁉」

そいつは高い声を出した。

どうやら声音を聞く限り女のようだ。おそらく俺が本気で動いたので、いつの間にか両手を封じられたことに驚いたのだろう。

咄嗟だったのでわりと速く動いたからな。人の目では追えないレベル、プロテニスプレイヤーのサーブより速いと思う。時速で言うと三百キロ以上？

とりあえず無力化しようとして、彼女の両手を後ろ手に持った。

「このっ……！」

女は俺から逃れようともがくが無駄だ。吸血鬼に掴まれた以上、人間の力で引き剝がすのは不可能。

「お前は何者だ？」

「見れば分かるだろ！　お前と同じ兵士でっ……！」

「いや悪いがな」

俺は変身を解除して、吸血鬼の姿に戻る。

そして悲鳴をあげられないように、すぐに兵士の目……は隠れているので、兜の目の隙間を睨んで催眠をかける。

「なっ……!?」

催眠は平常な精神状態ではかけづらいが、ここまで動揺させれば楽勝だ。

兵士は力なく体をダラリとしているので、もう両手を解放してもいいだろう。

「お前は何者だ？　なんで陣幕を燃やそうとした？」

俺の問いに対して兵士はしばらく黙り込んだあと、

「私は……何者だ？」

おかしい、催眠をかけているのに返事が曖昧だ。

「……いや、そうだな、例えるならこの場では義勇兵と言ったところか？　隣国の軍を弱らせるために、兵糧を燃やそうとした」

どうやら例えが思いつかなくて困っていたようだ。

催眠は思ってることを答えさせるだけだからなぁ……思ってもないことは言えない。

なので答えを考える時間が必要なこともある。たぶんパソコンに読み取り時間がかかるとかそういうの。

兵士いや義勇兵ちゃんはさらに言葉を続けていく。

「陣幕を燃やしてこの場を混乱させて、さらに兵糧などを焼こうとした」

「兵糧がなくなれば撤退するからか」

「そこまでは望んでいない。だが隣国の軍は弱体化するはずだ」

どうやら義勇兵ちゃんも、俺に近い目的で潜入したようだ。

「リュウトが女の人を捕縛して好き放題してる」

「そろそろ首に噛みつく頃合いですわね」

「いやそんなことしないから……」

陣幕に入ってきたイーリとミナリーナがこちらに駆け寄って来る。

その瞬間だった。催眠にかかっていたはずの義勇兵ちゃんが、いきなり素早く俺の懐に入り込んでくる。

そして懐から銀のナイフを取り出すと、俺の心臓目掛けてズブリと刺してきた。

「吸血鬼、油断したな」

義勇兵ちゃんの冷たい声が聞こえる。

ぐうの音も出ない、いや本当に油断してたから一瞬驚いた……。

「確かにそうだな……驚いたよ。ミナリーナ、催眠って案外解けやすいものなのか？」

「人によりますわね。精神が強い持ち主なら、すぐに解けることもありますわ」

「なっ!?」

俺はミナリーナに話しかけながら、義勇兵ちゃんを再び後ろ手に摑む。

「ば、バカなっ!? 吸血鬼だろっ!? 銀のナイフで心臓を突いて、なんで死なないっ!?」

「だって吸蜜鬼だし」

「違うだろイーリ。まあでも別に銀のナイフで心臓を刺されたぐらいで……ねえ？」

ぶっちゃけ俺にとって銀なんて、ただの柔らかい金属でしかない。

俺には吸血鬼の弱点がないから、銀を使うメリットは皆無なんだよな。まだ鉄の方が攻撃力がマシな分だけいいと思うぞ。鉄で殴られた程度では結局効かないけど。

というか義勇兵ちゃんの声が大きくなってきている。このままだと他の者に気づかれそうなので、黙らせないとダメか。

俺は義勇兵ちゃんの兜を片手で摑む。バケツのような鉄兜なので、頭に比べて少し大きいようだ。これなら多少潰しても中身は無事だろう。

少し力を入れて鉄兜を握るとひび割れていく。そのまま指を兜に食い込ませると、メキリと壊れて上半分ほどがボロボロと崩れてしまった。

「なっ……!?」

そのままベリベリと鉄兜を、木の皮を剝(む)くように壊していく。

なお義勇兵ちゃんの顔は布を巻いた覆面で隠されている。なんで兜の下の顔をさらに隠しているんだ……？　まあいいか。

「黙ってもらおうか。そうでなければ、お前の頭が兜と同じようになる」

「鬼畜」

「脅し方が婉曲(えんきょく)ですわね」

「それを言うなら腕力」

「二人ともウルサイ」

実際は別にそんなことをするつもりはない。

ただここで騒がれると面倒だから少し脅かしただけだ。義勇兵ちゃんも流石(さすが)にビビったのか、小さくコクコクと頷(うなず)いた。

「ところでいつまで銀のナイフ刺してるの」

「あ、忘れてた」

俺は胸元に刺さった銀のナイフを抜いて、とりあえず返すことにした。もう義勇兵ちゃんの両手は放している、さすがに逆らってこないだろうし。

「さてと。ここでは少し話しづらい。近くの草の茂みででも話そうか」

俺は再び兵士の姿に変身。そして義勇兵ちゃんを引き連れて、コッソリと陣幕の外に出る。

　そして近くの森に入ると、

「さてと。これでもう人目は気にしなくて済むな」

「そうしてリュウトは女の子に襲い掛かり……」

「いやしないから。それでちょっと話があるんだが」

　俺は義勇兵ちゃんに視線を向ける。

　顔に布を巻いてるので素顔は見えないが、俺の方を睨んでる気がした。

「……さっさと噛めばいいだろう。まさか吸血鬼がこんなところにいるとは計算外だが、これもある意味好都合だ」

「好都合？」

「貴様らは私以外にも周囲の兵士を襲うだろう？　結果的に隣国の軍は混乱して、私の目的は果たされる」

　観念したように話し続ける義勇兵ちゃん。この状況で嘘をつくとも思えない。

　なるほど、この女の人も本当に戦争を止めに来たようだ。なら俺と目的は同じということか。

「悪いが俺がここにいるのは人を襲うためじゃない。この下らない戦争を止めに来た。結果的にお前の目的も果たされる。なので俺の邪魔をしないでほしい」

この義勇兵ちゃん、あまり悪い人間じゃなさそうなんだよな。

義勇で自ら立って、隣国の軍を追い返すために兵糧を焼く……そんな危険な行為、そうそうできることではない。

俺は絶対に安全だから敵陣に平気で潜入するが、彼女は捕まったら悲惨な目に遭うだろう。

そんな危険を冒してまで義勇兵として立ち上がった人相手に、下手に処断などするのも気が咎める。ただ兵糧を燃やすのはもったいないのでやめてほしい。

「吸血鬼が人の戦争に介入？　馬鹿を言うな。なんのメリットがあるというんだ」

義勇兵ちゃんは明らかに俺のことを疑っている。

ここで俺が「良心の呵責が～」とか、「戦争なんて起きないほうが～」と言っても信じてもらえないだろう。あまりにも吸血鬼らしくない答えだ。

そもそも俺がドラクル村のトップであることを知らないと意味不明だし。

……よし。

「俺は吸血鬼だぞ？　人の血が無為に流れるなんてもったいない……俺の取り分が減る」

「パクられた」

「パクりましたわね」

イーリのさっきの言葉をパクることにした。

いやだってこの理由、わりと説得力があるというか……。

「……なるほど。私の邪魔をするのは、火で人が死なないためと？」

義勇兵ちゃんもなんか微妙に信じてそうな雰囲気出してる！

「ふっ、その通りだ。あとはこれだけの食べ物を燃やしたらもったいないだろ。シルバリア王国は食料不足なんだ。そういうわけだからお前は邪魔をするな。黙って見ておけ」

もうこのまま乗っかることにした。

本当は兵糧が燃えるのがもったいないだけだが！　でも信じてもらえなそうだし！

「………どちらにしても私に逆らう力はない。吸血鬼が隣国の軍を襲うにしろ追い払うにしろ、私の目的は果たされる」

「決まりだな。じゃあ火は絶対に使うなよ！　絶対だからな！」

本当ならロープなどで捕縛したいところだが、持ってないから仕方ない。殴って気絶させておくのも考えたが、ここで女の人を寝かせておくのは危なそうだからなぁ。

「さて敵軍を追い払うとなると、このまま兵糧置き場を占領するだけでは微妙かもな」

「なんでですの？　食料がなくなったらどうしようもないでしょうに」

「食料がなくなったと、一般兵士も分かれば逃げるだろうけどな」

もちろん兵糧がなくなれば敵軍は撤退せざるを得ないし、そもそも兵士たちが腹を空かせて勝手に散っていくだろう。

だが普通に考えれば敵軍の指揮官は、なるべく軍が離散しないように尽力する。俺が兵糧置き場を占領したのを隠すかもしれない。

そうすると隣国の一般兵士たちは逃げないだろう。なんなら敵指揮官は俺を無視して、シルバリア王国へのヤケクソ攻撃を命じるかもしれない。

兵糧が奪われたなら、敵から略奪すればいいじゃないとかで……。

「食料がなくなったのに突っ込む馬鹿がいますの？」

「以前にドラクル村にやってきた領主軍も、隊長がそんな奴だったからなぁ」

「そんなのいたね」

俺の言葉にイーリが追従する。

あの時の領主軍の隊長は、被害など全く気にせずに突撃命令を繰り返していた。

ああいう奴がもし隣国軍の隊長だったら、そいつの一声で戦争が始まってしまう恐れがある。

「リュウトの危惧は分かりましたわ。でもどうするつもりなんですの？」

ミナリーナが目を細める。

「それを避けるためには隣国の兵士たち全員に、兵糧が手に入らないと知らしめればいい。そうすれば一般兵士たちは食事がとれないと分かり、こぞって逃げるはず」

「リュウト無双」

「俺が以前に領主軍を追い払った時と同じようにな。ただ前回に比べて敵軍の規模が大きいから、前よりもド派手に目立つ必要があるが」

前は五百人の兵士だから、俺の強さを全員に知らしめるのは簡単だった。

だが今回は最低でもその十倍以上、しかも俺は兵糧置き場付近から移動できない。

それこそ隊長が「兵糧置き場に近づくな」とか命じたら、かなり困ったことになる。

「ド派手に目立つってどうするの？」

イーリが少し目を輝かせて聞いてくる。

たぶん面白がってるんだろうなぁ……別にいいけどさ。

「そこは俺に策がある。ものすごく派手に目立って、敵兵を恐怖させる策が！　ひとまず日の出まで待ってから作戦決行だ！」

「吸血鬼が日の出まで待つのおかしい」

「仕方ないだろ。夜は人間の目が見えないんだから。そういうわけで少し時間潰しだ」

俺たちはしばらく作戦会議や雑談などをして過ごした。なお、イーリは途中で寝ていたし、正直最後のほうはグダったのでトランプが欲しかった。

そして日が出て明るくなり始めたので、改めて作戦を決行することにする。

「よし。じゃあそろそろ作戦開始だ！　ミナリーナはイーリを守るのと、義勇兵ちゃんの見張りな」

「分かってますわ。好きに暴れなさいな」

「リュウト、食料を潰さないようにね」

ミナリーナとイーリの言葉にうなずいた。

俺は変身魔法を発動して姿を変えていく。ただし今回は兵士にではない。

それどころか人でもコウモリでもない。どんどん俺の体が膨れていき、視線が高く上がっていく。

変身魔法は自分の体のサイズも変えることが可能だ。村では小さいコウモリに化けていたりした。

だがそれは小さくなるだけではなく、大きくなることだって可能だ。

そして俺ほどの力を持つ吸血鬼ならば……超巨大になることだってできる！

「オオオオオオオォォォォォォォ!!!!!!」

俺の姿がどんどん大きくなっていく。さっきまで見上げていた遠くの山と、目線がほぼ同じになってしまった。

全身を緑の鱗（うろこ）が覆っていき、巨大な尻尾が尻から生える。

「な……っ!?　ドラゴン……!?」

義勇兵ちゃんの唖然とした声が聞こえる。

「違う。ドラゴンではない」

いまの俺は二足歩行の獰猛な化け物。全身を鱗に覆われて、巨大な顎を持つ恐ろしい存在。

手はガタイに比べると少し貧弱だが、基本的に顎で戦う肉食獣なので問題はない。

この世界の人間ならばドラゴンにしか見えない姿。だが違う、現在の俺は……、

「教えてやろう。この姿は恐ろしい竜……ティラノサウルスだ!!!」

俺が変身したのは、恐竜ティラノサウルスをさらに大きくした姿だ。

なんでドラゴンではないのかって？　普通の翼持ちドラゴンに比べて、見た目が変だから目立つかなって。

あとはドラゴンって空を飛ぶイメージなんだけど、兵糧置き場を占領するなら地面を走れる奴のほうがいいとも思ったから。

「オオオオオオォォォォォォ!!!!」

俺は空に向かって咆哮したあと、兵糧置き場の方へと突撃……しようと思ったのだが、なんか足がうまく上がらない。頑張れば上がるけどすごくプルプルする。

「足がプルプルしてる」

「あの大きさの体に慣れてないのですわ。生まれたての小鹿も歩けないでしょう？」

この図体で生まれたての小鹿と比喩されるとは……。

仕方がないのでほぼ引きずる形で、ゆっくりと歩みを進める。

あ、これわりとキツイな!?　なんか油断したら転びそう……！

「な、なんだ!?　ドラゴン!?」

「あんなの見たことねぇぞ!?」

「と、とりあえず逃げろっ!?　勝てるわけねぇ！」

兵糧置き場の見張りだった兵士たちは、武器も持たずに逃げ散っていく。

別に兵士たちを殺す意味もないので、脅しの意味でさらに空に向けて咆哮しておこう。

というか走れないので追い付けないのは内緒だ！

「オオオオオオォォォォォォ!!!!」

俺はチラリと遠くのイーリたちに視線を向ける。

どうだこの迫力と名演技！　映画の怪獣役にもなれるんじゃ……。

「叫び声全部同じ。レパートリーがなさすぎる」

「よくいるんですわよね。変身して人間が怯えたから、すぐ調子に乗る吸血鬼」

「アオオオオオオォォォォォンンンン!!!!」

畜生！　この悲しみは兵士たちを怯えさせて晴らす！

俺はドシドシと周囲を走りまわる気分でゆっくり歩き、さらに恐怖を与えるような動きをする。

　これでもう寝坊助も絶対に起きて、きっと逃げ惑ってるだろ！　よしさらに吠えながら歩こう！　とした瞬間、バランスが……!?

「グラオオオオオォォォォォ!?」

「コケた」

「ズッコケましたわね」

　俺は転んで地面に体をぶつけてしまった。くそう、足もとにあった木に引っかかった！

　そんなことを考えていると、イーリたちが俺の近くまで走ってきた。

「これ以上ないくらい派手に目立ちましたわね」

「コケるの名演技だったよ」

「ウルサイ」

　そりゃ名演技だっただろうな！　だって素でコケたんだから！

「これで兵士たちは追い払えましたわね」

「いや、俺の討伐を狙うかもしれない。それを追い払えば今度こそ終わりだろう。できれば相手したくないけどな」

　この姿は巨大すぎるから、手加減するのが難しそうなんだよな。

　イーリたちもバッタみたいに小さく見えるし、油断したら兵士の一人くらい踏みつぶし

そう……。

というか敵兵士たちの前でズッコケたら、それだけでプチプチ大虐殺になりえる。

「さすがに狙わないと思いますわよ。こんな山みたいな相手となると」

「それならいいけど」

「きゅ、吸血鬼はこれほど強いのか……⁉　こんなに巨大化して暴れ回られたら、街が滅んでしまう……！」

義勇兵ちゃんが悲鳴のような声をあげた。

「違う。リュウトが特別なだけ」

「安心なさい。普通の吸血鬼はここまで巨大になれませんし、仮に大きくなっても力は変わらないのでまともに動けませんわ。リュウトは元々の力が強いから動けてるだけで」

「そ、そうなのか……？」

そうなのだ。吸血鬼なら誰でも巨大化できるというわけではない。

多少体を大きく変化させることはできても、ここまで大きくなれるのはたぶん俺くらいだろう。

シェザードでも三倍くらいの大きさになるのが精々と言っていた。俺が人の魂であることが、なんらかの作用を与えているのかもしれない。

「ギャオオオオオオオォォォォォォォォ‼‼」

さらに空に向けて大声で咆哮しておく。

このまま隣国の兵士が逃げてくれるならよし、そうでないならばさらに脅しながら戦うだけだ。

そう思っていると敵軍の兵士たちが、さらに散り散りになって逃げ出している。

「あ、あんなの勝てるわけねぇ!?　どこから現れたんだよ!?」

「兵糧置き場が占拠されたら無理だ、畜生！」

「逃げるんだよ！　踏みつぶされたいか!?」

どうやら隣国の指揮官は、兵士の統率に失敗したようだな。

まあいきなり巨大恐竜が現れたら無理もないか。

「アンギャアアアアアァァァァァ!!!!」

俺は勝利の咆哮を轟かせることにした。

完璧な遠吠えだ。きっと兵士たちはみんな怯えて逃げただろう。

「ひ、ひいっ!?　また叫び声が変わったぞ!?」

「やっぱりあいつおかしなドラゴンだ!?　逃げろぉ！」

……なんか微妙に俺の期待した逃げられ方と違う。

もっと戦々恐々として、俺に怯えて必死の想いで走るみたいなイメージだったのに……。

「叫び声バラバラで変。統一したら？」

「お前がワンパターンって言ったんだろうがあああぁぁぁぁ!!!!」

私は義勇兵として隣国の軍に潜入した。

元々はシルバリア王国の王都で活動していた賊なのだが、隣国との戦争になりうると聞いて急いでやってきたのだ。

目的は生まれ故郷のベーリアを守るため。いまの弱ったシルバリア王国では、隣国に負ける可能性が高い。

私は故郷や両親、友人たちが悲惨な目に遭うのは見たくない。

とはいえ、私が独りで戦争を止めるなど不可能。可能性があるとするならば、敵軍の兵糧を焼いてしまうことくらいだ。

いやそれとて無理に近いだろう。私だけですべての兵糧に火をつけるなど不可能だし、そもそも事を起こす前にバレる可能性が高いと踏んでいた。

だが幸いにも、私より目立つ者たちがいたので潜入は容易だった。

(……貴族令嬢と農民の娘が連行されている？　いやそれにしては様子がおかしい気がするが)

何故(なぜ)か兵糧置き場の近くで、ひとりの兵士が女二人を連れて歩いていたのだ。

普通なら怪しむべきな気がするが、あまりに堂々と歩いているせいか誰も疑っていない。

しかも女二人がかなりの美少女なので、兵士たちの注目の的だった。

(怪しいが、私のような間者の類いではないか。バレたら殺されるというのに、あそこまで派手に目立つ馬鹿はいまい)

戦利品を自慢のために連れ歩いている、下種(げす)な男ということだろう。

(……私の友人たちも、シルバリア王国が負ければあのような目に遭うか)

沸きたつ怒りを抑えながら、見張りの兵士たちの隙をついて陣幕の中に侵入する。

中にはパンなどの入った箱が大量に積まれていた。荷台から取り出して整理後の兵糧だろう。

ひとまずこれらを陣幕もろとも焼いて、混乱の隙に可能な限り他の兵糧も燃やす。

そうすれば敵軍の兵糧は大きな痛手を受けて、作戦の変更を余儀なくされるはずだ。

無論、敵が焦って攻めてくる可能性もある。だがそれならそれで敵軍に時間の余裕がなくなり、シルバリア王国が有利になるはずだ。

それでも戦争は避けられないだろう……故郷のベーリアにもきっと被害は出る。

だが私は神でも悪魔でもない。私にできるのはシルバリア王国を少しでも有利にすることだけ。

もし私に一騎当千の力があったなら。この場で大暴れして敵軍を蹴散らせたなら。

……くだらん妄想だ。敵は万に及ぶ軍勢だぞ。そのような力を持つ者など、この世にいるはずがない。

「チッ。気づかれる前にさっさとやったほうがいいか……」

自分のバカな考えに苛立(いらだ)ちながら、持っていた松明の火を陣幕につけようとする。

その瞬間だった。

「なにをしているっ！」

私は先ほどの下種な兵士に、両手を摑まれていた。

そこから私は、兵士の正体を見せつけられ催眠をかけられた。

私は催眠にかかったフリをして、奴の言葉に返事をして隙を狙う。

そして隙を見つけて、奴の心臓に銀のナイフを刺したのに……死ななかった。いやそれどころか全く効いた様子もなくケロリとしている。

どうやら隣国の軍は、最悪の化け物たちに目をつけられていたらしい。

きっとここから始まるのは虐殺だろう。だがそれは……私にとっては悲しくも好ましいものだった。

彼らが好きに暴れたら、必ず隣国の軍は混乱して大損害を受ける。私も死ぬが故郷を守れるというならば……。

「悪いが俺がここにいるのは人を襲うためじゃない。このくだらない戦争を止めに来た」

だが吸血鬼はそんなことを言い出して、隣軍兵士を追い払う策を話し始めたのだ。

私には目の前の光景が信じられなかった。吸血鬼が人の争いに横入りすることもだが、なによりも被害を出さずに追い払うという考えがだ。

……私が先ほどくだらん妄想だと断じたことを、この吸血鬼は本気でやろうとしている。

彼はいろいろと話し合ったあと、なんと巨大なドラゴンに似ているなにかに変身した。

そして敵軍に向けて前進していき、好き放題に暴れて敵軍を追い払ってしまったのだ。

もはや意味不明だ。吸血鬼なのに朝日を浴びても平気で、巨大になって敵軍相手に大暴れする。しかも人間の血は吸ってないというオマケつき。

まったく理解ができない。だがひとつだけ言えることがあるとすれば、この吸血鬼のおかげで隣国の軍を追い払えたこと。

「ふー。よかったよかった、戦わずに追い払えた」

吸血鬼は元の姿に戻ると、笑顔で私たちの方へやって来る。

その笑みはどう考えても演技ではなく、心の底から喜んでいる表情だった。

隣国の軍を追い払うなど、神や悪魔でもなければ不可能だ。だが悪魔はそんな発想などしないだろう。

ならばこの者は……前者の類いなのではないだろうか。吸血鬼の姿を借りて、地上に舞い降りたお方ではと。

いやそうに違いない。あんな巨大な姿になって、軽いノリで大軍を追い払える……それが神の類いでなくて何だというのか。

しかも朝日を浴びてもピンピンしておられることもだ。吸血鬼なら朝日を浴びれば、平気でいられるはずがない。

事実として紫髪の方は、すごく嫌そうな顔をしていて鋭い犬歯が見えていた。

朝日の力で正体が隠しきれなくなったのだろう。

そして決定的なのは兵糧のことだ。このお方は「これだけの食べ物を燃やしたらもったいないだろ。シルバリア王国は食料不足なんだ」と言った。

つまりシルバリア王国の食料不足を鑑みて、行動なさったのだ。

「……感謝致します、天上なるお方。貴方様のおかげで、我が故郷は救われました……」

私は思わず祈りを捧げていた。

俺は理解不能な光景に混乱していた。
義勇兵ちゃんがいきなり俺に祈り始めたからだ。

「えっと……？　いや俺は普通の吸血鬼……」

「普通ではない」

「普通ではありませんわね」

「やはり天上なるお方……」

「だから違うっての！」

義勇兵ちゃんが変になってしまったぞ!?　恐竜のショックがでかすぎたのか!?

どうしよう……催眠療法でなんとかなるか!?

「えっとだな。俺は少し変わった吸血鬼でしかないいんだ。決して天上なるうんぬんではない」

「……はっ!?　そ、そうですね承知いたしました！　私としたことが失礼を……！」

義勇兵ちゃんは明らかに敬意をはらった様子で、俺の言葉を肯定した。

これあれだ。たぶん正体をバラしたくない的なニュアンスで捉えられてる……。

……まあいいか。勘違いされても俺に損はなさそうだし。

「じゃあべーリアに戻るか。敵軍が撤退したとなれば、少しは状況も変わるだろうし」

「このパンとかどうするの？　もったいない」

イーリがそこらにある荷台のひとつを指さす。

確かにもったいない気はするが、こんなものを村まで持って帰るわけにもいかないしなぁ……。

「ひとつかふたつ、持って帰るくらいならいいぞ。残りはベーリアの街がそのうち回収するだろ」

「ついでに朝食もここで取ろう。お金がないから街で食べられない」

「あー……そうだな、うん」

悲しいかな金欠。懐に多少の金銭はあるものの、必要な物資とか買いそろえないとダメだし……。

「な、ならこちらを差し上げます！　これを売ってお金に替えていただければ！」

すると義勇兵ちゃんが、銀のナイフを俺に差し出してきた。さっき俺を刺すのに使ったやつだ。

「そんな高い物受け取ったら悪いよ」

「なにを仰いますか！　ベーリアをお救いいただけたことに比べれば、こんな一本など……！　それに刺してしまった非礼のお詫びも含めて、どうか受け取っていただきたく……！」

「いやでも……」

「どうかお願いいたします！　天上なる吸血鬼様！」

天上なる吸血鬼って、ものすごくミスマッチな言葉だなぁ。

義勇兵ちゃんがものすごく必死過ぎて、受け取らないほうが悪い気がしてきたぞ。

「わ、分かった。ありがたくもらうよ。ありがとう」

「ありがとうございます！　是非ベーリアで美味しい物を味わってください！　ここは海が近いので、海鮮が美味ですよ！」

なんで渡す側が礼を言っているのだろう……そうして俺たちは義勇兵ちゃんと別れて、街へと戻ることになった。

一応は義勇兵ちゃんにも一緒に来るか尋ねたのだが、「恐れ多いです！」と去ってしまったのだ。

「な、なあ。催眠って洗脳の類いじゃなかったよな……？」

「違いますわ。それができるなら、もっと吸血鬼は簡単に人の血を吸ってますわよ」

「そ、それもそうか……」

と、とりあえず街まで歩いてたどり着き、もう朝なので宿屋の部屋を取って眠ることにした。徹夜だったしミナリーナが眠そうにしていたからだ。

俺で一室、ミナリーナとイーリで一室取ろうとしたのだが……。

「待ってほしい。私はリュウトの部屋で寝るべき」

「一応は異性だが同室でいいのか？　俺は棺桶持ってきてないぞ」

「それなら異性うんぬんより吸血鬼と同室の方がマズい」

「……確かに」

「ワタクシはどっちでもいいので。眠いですわ……」

グダグダ話すのもアレだったので、俺とイーリで同室にした。俺がイーリを襲うとかありえないし、お年頃だろうイーリが気にしないならなんでもいい。

そして眠っていると、外から叫び声が聞こえてきた。

「隣国の軍が逃げ去ったらしいぞ！」

「な、なんでだ？　戦わずに逃げるなんて……」

どうやらこの街にも情報が伝わったようだ。

すっかり目が覚めてしまったので、イーリを起こして外に出る。ミナリーナは扉をノックしたが返事がなかった。

外に出ると太陽は真上に昇っていた。

「うおおおおぉぉぉぉ！　助かったああああぁぁぁぁ！」

「よかった……よかった……戦争が起きなくて……」

「お父さん帰ってくる！」

街の人たちは皆、ものすごく喜んでいる。

大喜びで酒瓶に口を付ける人や、感極まって泣いている少女もいた。

もし戦争となれば、すごく大変なことになっただろう。この街が襲われていた可能性だってある。

隣国軍の兵士たちも略奪とか言ってたし、そうなったら悲惨なことになっていた。

そう考えれば彼らの喜びようは、決して大げさなものではない。

「ねえリュウト」

「なんだ？」

「いいことしたね」

「そうだな」

……たぶん今回は正しい力の使い方をしたはずだ。

今後も気を付けていかないとな。

「ところでなんで隣国軍は撤退したんだ？」

「なんかへなちょこなドラゴンが現れたらしいぞ！　足に比べて手が凄まじく貧弱で、しかもズッコケたレベルとか！」

「そんなのにビビって逃げたのかよ！　ばっかじゃねぇの！」

……………次はもう少し練習してやるからな畜生！　でもティラノサウルスはへなちょこじゃないだろ!?

そんなことを考えているとイーリが背伸びして、俺の肩をポンと叩(たた)いた。

「これからはへなちょこ吸蜜鬼と名乗ろう」

「絶対にイヤだ！」

第4章

吸血鬼、フグの肝を食う

とりあえず宿屋に戻ってミナリーナの部屋の前に立つ。

「ミナリーナー。起きろー」

扉をノックするが返事がない。どうやらまだ寝ているようだ。

「イーリ、起こして来てくれないか」

「すぐに他人に頼るのどうかと思う」

「女性の寝室に俺が入ったらダメだろ……」

「仕方ない」

イーリは扉を開いてとてとてと入っていく。俺は扉から少し離れた場所に移動すると、イーリはすぐに部屋から出てきた。

「ミナリーナ服着てない」

「…………言わなくていいから起こせ」

「いまなら見放題」

「さっさと起こしなさい」

「はーい」

イーリはまた部屋へと戻っていく。

……ミナリーナ、寝るときは服着ない派なのか。吸血鬼は変身魔法で服を作っているから、寝ている時は脳を休めるために維持してないとか？

吸血鬼はみんな棺桶で寝るから、別に裸で眠っても問題ないし。

「ふわぁ……おはようですわ」

しばらく待っているとミナリーナが部屋から出てきた。

だが寝起きで変身魔法が半端になっているのか、服がところどころ虫食い状態になっていて、なんかエロい感じになっていた。

どこか既視感があるけどアレだ、あえて肌部分を出す画像の水玉コラみたいな……。

「ミナリーナ、服がアレなことになってるぞ」

「あー……寝起きは変身魔法の調子が悪いんですの。そのうち直るから気にしないでいいですわ」

「いや俺が気にするし、周囲から目立つぞ……目が覚めるまで部屋にいろ」

「仕方ないですわねぇ……」

ミナリーナは目を擦りながら部屋へと戻っていく。

どうやらミナリーナは寝起きがかなり悪いようだな。

「リュウトよかったね。いいもの見られて」

「………」

イーリの言葉は無視しつつ、ミナリーナがちゃんと起きるまで待つのだった――

そしてしばらくすると扉が開き、いつものミナリーナが出てくる。

「お待たせしましたわ！」

ミナリーナの服の虫食いは消えていた。完全にお目覚めのようだ。

「じゃあ早速だが商人のところに行こう。優先順位的には商人が一番だからな」

「美味(おい)しい豪華な食事は？」

「一番最後に決まってるだろ」

そんなわけで俺たちは再び街へと繰り出した。

「らっしゃいー！　美味しい肉串だよ！」

「新鮮な魚だっ！」

昨日に比べて食べ物の露店がかなり増えている。

俺が敵軍を追い払ったことで、兵糧として集めた食べ物が解放されたのだろう。あとは敵軍の兵糧も、ベーリアが接収しただろうし。

つまりは現在この都市は、食料がやや過剰気味になっていると思う。

腐る物もあるだろうし、外に運ぶのも大変だからさっさと消費する必要がある。なので商人などに安く売り払った結果、露店が盛況になったと。

「肉串食べたい」

イーリが俺のそばまで寄って、服を引っ張ってくる。

縁日で出店の食べ物をねだる少女のようだ。よく考えたらイーリは人血注入肉などに貢

献してるし、俺の食事も毎日作ってくれてるんだよな。

これくらいは買ってやってもいいか。

「分かった分かった。一本くらい買ってやる」

「十本は欲しい。ミナリーナだけズルい」

イーリが指さした先には、肉串を両手一杯に持って食べているミナリーナがいた。

い、いつの間に買ったんだ……？　しかも片手に四本ずつ持ってるし……。

「……五本くらいにしておきなさい。あんな持ち方してたら落とすから」

「むぅ」

肉串を八本購入して、俺とイーリは四本ずつ食べながら街を歩く。

「ああっ!?　肉がっ!?　肉が地面にっ!?」

案の定、ミナリーナは肉串を落としてしまっていた。知ってた。

そして昨日やってきた商店の前に到着する。

昨日は軍の物資調達などで相手にしてもらえなかったが、今回はいけるんじゃないだろうか。

扉を開いて中に入ると……店員がカウンターに突っ伏していた。

なんかここまで絶望感というか、かなり暗い雰囲気が漂ってくるんだが……。

それに店の棚には様々な商品がところ狭しと並べられている。昨日はほとんどなにもなかったのに。

「あのー……ちょっとお話があるんですけどー……」

店員は俺の言葉にゆっくりと顔を上げた。目が赤く腫れていて、頬には涙の痕がある。

「なんですか……なにをお求めですか……」

死んだような顔で接客してくる店員。昨日はすごく必死だったのに、なんかもう瀕死になってるぞ。

「えっと……何かあったんですか？」

流石(さすが)に間違いなく何かあったのだろうと尋ねてみる。

すると店員の目からツーと涙が流れた。

「……いろいろ仕入れたんです。軍に売るためにいろいろ……高値で仕入れてもいまなら売れるって……でも隣国の軍が撤退してっ……！　在庫と借金だけがっ！」

…………あー。戦争特需で儲(もう)けようとしたのか。

昨日まで街は物資不足だったから、他所(よそ)から少し高く買っても儲かるはずだった。

でも隣国がまさかの撤退のせいで、まともに売れなくなってしまったと。

「ああ……！　赤字続きで！　これで挽回(ばんかい)するつもりだったのに……余計に借金が増えてしまった……他は無理しなかったのに！　うちだけ！　戦争のせいで！」

「これもリュウトのせい」

イーリがボソリと告げてきた。

戦争を止めた余波はかなり大きいようだ……少なくともこの商店に致命傷を与えてしまった。

「儲けようとして失敗するのは、賭けた貴方(あなた)の責任ですわよ。商人なんてそういうものですわ」

ミナリーナがどギツイ言葉を投げかける。いや少しは加減してあげよう!?

「ごもっともです……私は失敗した敗北者なのです……もう首を吊(つ)るしかっ……!」

泣きわめく店員、いやたぶん店長だろうな。

なんというか申し訳ないことをした気分だ。よし、ここは責任をとる意味でも、彼を説得することにしよう！

「待ってください。じつは私は、貴方に商談があって来たのです」

「しょ、商談？　どうせ嘘(うそ)でしょう……借金まみれの私にせずに、他の店でやったほうがいいですよ……成功してる店でね……！」

「いえいえ、成功してる店では難しいのですよ。おそらく契約してもらえないんです」

「何を言って……？」

「驚かないで聞いてくださいね。何故(なぜ)なら私は、吸血鬼ですので」

俺は即座に変身魔法を解くと、肌が白くなって鋭い犬歯が戻った。

実際のところ、普通の商店は俺と契約してくれない可能性が高い。常識的に考えて吸血鬼と契約なんてあり得ないからな。

だがどうしようもなく追い込まれた者ならば……！

店長は俺の姿を見て大きく口を開いたあと、諦めたようにほのかに笑うと。

「ははっ……なるほど。首を吊るまでもなく、血を吸う契約をということですか。そのほうが案外苦しくないのかもしれませんね。自分で死ぬ恐怖より、殺されるほうがマシかも」

「いや違いますが!?　商談したいんです！　話を聞いて!?」

人生諦めモードの店長をなんとか説得し、俺はドラクル村の現状などを説明した。

「そういうわけで是非お願いしたいのですが」

「ははは……本当なら助かりますけどね。どうせ私を騙して、希望を持たせて吸い殺すおつもりでしょう？　そのほうが血が美味しくなるとかで」

「いやそんなことしませんが……」

ダメだ、信じてもらえていない。

仕方ない、かくなる上はと俺は懐からハチミツの瓶を三つ出した。

店長の生唾を飲み込む音が聞こえる。ハチミツは高級品だからな。

「これはうちの村で採れたハチミツです。我々は養蜂をしていると言いましたね？　村にはまだまだハチミツがあります」

「し、しかしその小瓶だけならいくらでも嘘を」

「ワタクシも持ってますわよ」

ミナリーナが胸元からハチミツの小瓶を取り出した。しかも三つも。

「なあミナリーナ。なんでそんなにハチミツを持ってるんだ？　俺はお前に二つ分くらいしか渡した記憶がないんだが」

「細かいことは気にしなくていいのですわ！　それよりも貴方、まだ嘘と疑いますの？」

「……ははは。どうやらまるっきり嘘ではないようですね……分かりました。どうせこのままでは死ぬしかない身。なら賭けてみてもいいでしょう」

やった！　これでうちの村と都市とを結んでくれる商人が！

「賭けを反省しないと破滅するよ」

「うっ!?」

イーリの口撃で店長が大ダメージを受けた!?

「こらイーリ！　せっかく上手くいったのに余計なこと言わない！」

「でも今回成功したら、また調子に乗って賭けをやらかすかも」

「も、もう賭けはしません！　しませんから！」

こうして店長というか、アガリナリ商店との契約を結ぶことができた。

これから彼はドラクル村に物資を運んでくれて、俺たちは対価を支払うという契約だ。

相手の弱みに付け込む形にはなるが、互いにWin-Winになるようにするから許してほしい。

「ではこれからお願いしますね」

「こちらこそ。はは、吸血鬼と握手することになるとは……」

俺は店長――アガリナリ氏――とがっちりと握手を交わす。

「では契約書を用意しますね……」

アガリナリ氏はそそくさと紙を取り出すと、ペンで文字を書き始めた。

そして書き終えたら俺に渡してくる。

「ご、ご確認ください。問題なければサインをお願いいたします！」

書類を読んでいくと、確かに俺の村とアガリナリ商会の契約について記載されている。

普通の売買契約で特におかしなところもない。

「問題はないです。だがこの契約書ではダメですね。新しい紙をください」

「は、はいっ!?」

アガリナリ紙、いやアガリナリ氏が紙を渡してきたので受け取る。懐から小瓶を出して中の血を紙にこぼして、血魔法で先ほどの契約書と同じ文面を作成した。

「これで」

「ひ、ひぃっ……あ、ありがとうございます！　ではここにサインを……!?」

「サインの代わりにこれを押します」

俺は左手人差し指の爪で、右手の同じ指を切った。そして血の垂れた指で契約書を押す。

「こ、これは……」

「血判です。互いに絶対に裏切らない証明として、血を印にしてもらいます。この印は魂の宣言のようなものです。貴殿にもやっていただきたい」

「……は、はい。少々お待ちください、ナイフを取ってまいります」

アガリナリ氏は席を立つと近くの棚からナイフを取り出した。そしてすごく緊張しながら、手をプルプル震わせて自分の指を少し切った。

押してもらったのを確認したので、俺は席から立ち上がった。

「では契約は成立です。互いによい商売をしましょう。その書類は貴殿が持ってくだされば」

「は、はい……！」

「ちなみにこの盟約を破れば、血判の呪いが貴殿を殺します」

「ひっ……」

すごく怯えた顔をしているアガリナリ氏。

だが彼の恐怖は決して勘違いではない。この血判契約状には俺が自由に操れる血と、さらに彼の血判がついている。俺の血魔法は本人から採った血があれば、その人物がどこにいるかが簡単に分かるのだ。

つまりアガリナリ氏が契約を破ったと俺が判断したら、この契約書の血文字を浮かび上がらせて、彼を襲撃させると共に、彼の血から場所を特定する。呪い（物理）というわけだ。

かなり物騒だが金を持ち逃げされても困る。人との契約書なんてあったところで、人間側が破っても誰も咎めないだろうからな。

もちろんここまでする以上、俺は絶対にこの契約を裏切りはしない。

「このハチミツ六瓶は置いていきますっ……！　どうかこれでっ！　物資を購入してっ、ドラクル村に持ってきていただければっ……！」

誠意として代金前払いで、今後も同じように商売していくつもりだ。

だがいまの俺には金がないので、ハチミツを渡すしかないっ……！

「あ、あの……なんでそんな悲痛な叫びを……？」

「吸蜜鬼なので」

「はあ……？」

アガリナリ氏はイーリの言葉に困惑している。

誰が吸蜜鬼だ、誰が……と言いたいが、ハチミツ……。

「待つのですわ!?　六瓶ってワタクシのも入ってませんの!?」

「ミナリーナ、俺はお前に二瓶しか渡した記憶がない。そしてお前はちょくちょくハチミツを食べていた。なのに三瓶も残っているということを、ミツバチたちから深く聴取しても……」

「し、仕方ありませんわね!? 村のためですものね!?」

ミナリーナは取り繕うように叫んだ。たぶん彼女はミツバチからハチミツをネコババしてるのだろう。

いやハチミツならクマババ？ クマってハチの巣を襲ったりするよな。

「そういうわけでそのハチミツが代金です。ドラクル村に物資を持ってきてください。もし来なかったらハチミツ罪で絶対に許しません。地の果てまで追いかけますので」

「は、はいっ！」

ひとまずアガリナリ氏には現在余ってる物資を、ドラクル村に届けてもらうようにお願いした。

そして店から出て、今度は鍛冶屋の店に改めて向かったのだが……扉に張り紙があった。

「えーっと。しばらく閉店します……」

「逃げられたね。吸血鬼の襲撃を感づかれた？」

「いや襲撃じゃないし……仕方ない。ここは諦めるか」

とはいえども他の鍛冶屋は、ドラクル村に連れてくるのが難しそうなんだよな。

そもそも鍛冶師は技術職だから、なかなか雇い入れるの大変だし。

ここの職人は個人でやってて、特に弟子がいないと聞いてたので期待したのだが。

「まあ仕方ない。時間も遅くなってきたし、そろそろ夕食にしようか」

「また宿屋でパン？」

イーリが少し不満そうに口を尖らせた。

彼女の視線は俺の胸元、つまりは銀のナイフの入ってる場所に向けられている。

「……分かったよ。美味しい物食べに行くか！」

「やった」

「いいですわね！　どこに行きますの！　ワタクシはせっかくなので魚が食べたいですわ！」

イーリが小さく喜び、ミナリーナがものすごく食いついてきた。

どうやらミナリーナのほうが美味しい物を食べたかったらしい。

「じつはさっきの義勇兵ちゃんに、おススメの店を聞いていたんだ。下手にマズイ店で食べて、高い金とられたらイヤだからな！」

「さすが吸食鬼、食に関してはしっかりしてる」

「誰が吸食鬼か」

俺たちは街の裏路地を通って、教えてもらった場所へと向かっていく。

裏通りだけあって全体的に治安がよくなく、人相の悪い男がちょくちょく歩いている。

「おうおうおう。お貴族様よぉ、こんなところに出たらよぉ……襲ってくれって言ってるようなげふぅ!?」

なんかチンピラみたいな奴が前に出てきたが、ショルダーアタックでぶっ飛ばした。

「ねえリュウト。こんなところに美味しい店があるんですの？」

「……ごめん。道、間違えたかも」

「何やってるんですの！」

「仕方ないだろ土地勘皆無だぞ!?　むしろ地図ナシで鍛冶屋と商店は迷わなかったのすごいだろ！」

まともな地図もないんだ！　無理だろ！

まあ地図あってもたどり着けるか微妙というか、地球でもスマホのナビ頼りの方向音痴気味だったが……。

さてどうするかと迷っていると、俺たちの前を猫が素通りしてきた。

「お！　猫がいる！　猫君！　じつは『鳥の頭』亭を探してるんだけど知らないかい!?」

「にゃーん」

吸血鬼なら猫の言葉も分かるし、猫って街中うろついてるから地理に詳しそうだし！

「ついてこいって！　よし行くぞ！」

「猫の手を借りる吸血鬼は初めて見た」

「猫って気ままで夜は寝てしまうから、あまり眷属などにはしないのですわ。やはりコウモリがおススメですわね、生活環境や起きる時間が被るので」

ミナリーナが眷属雑学を披露している。吸血鬼がコウモリを眷属にするのってそういう理由だったのか……。

言われてみれば吸血鬼が昼活動の動物を眷属にしても、夜は眠ってしまうから役に立たないかも。

「にゃーん」

「ついてこないなら置いていく？　すみません！　ほらイーリもミナリーナも早く！　お猫様がお待ちだ！」

「猫にペコペコする吸血鬼」

うるさい！　善意で案内してくれる相手に、敬意を尽くすのは当然だろうが！

そうして俺たちはお猫様を先頭に街を歩き、無事に『鳥の頭』と書かれた看板の店に到着する。

「にゃーん」

「ありがとうございます！」

お猫様は尻尾をゆらゆらと振ると、ツカツカと歩いて去っていった。

「猫にペコペコする窮鼠鬼」

「誰が窮鼠だ。ほら入るぞ。美味しい食事が俺たちを待っている！」

店の扉を開くと、中は酒場だった。

「いやー！　美味い！」

「しばらくまともに食えないと思ってたから感慨もひとしおだな！」

「もう一塩ほど追加してくれー！」

「くだらねぇこと言うんじゃねぇよ！　酔いがさめる！」

テーブルの大半は埋まっていて、わいわいガヤガヤと客が騒いでいる。

雰囲気がいい店だ、ここなら美味しくないということはないだろう。

空いているテーブルの席に座ると、すぐにウエイトレスの娘が寄ってきた。

「こんにちは。本日のおススメメニューは鶏のスープ、牛のステーキ、焼き魚、パンになります。三人分でよろしいですか？」

「お願いします。ああ、それと……この店はフグを出してくれると聞いたのですが」

俺がそう告げた瞬間、周囲の空気が凍り付いた。客のほぼ全員が俺の方を見ている。

「あいつ、フグを頼みやがった……！」

「やるじゃねぇか……！　戦場に出られなかった代わりに、命を賭けての酒ってわけか！」

周囲の客たちも騒ぎ始める。

このシルバリア王国においても、フグは別に禁止はされていないらしい。これはおかしな話ではなく、日本でも昔からフグは食べられていた。

なんならフグ禁止令が出たあとですら、美味しさから食べる者があとを絶たなかったとか。

ついでに中(あた)って命を絶たれた者も多かったらしい。おおあとがよろしいようで。

なおこの世界のフグが、地球と同じかは知らない。

「なんですの？　リュウト、貴方なにを頼んだんですの？」

「フグって言ってな。毒入りで危険な魚だ。でもかなり美味しいんだよ」

「そうなんですのね。確かに毒は美味しいですわよね」

ミナリーナが当たり前のように告げてくる。

この国でフグ禁止令が出てないのは、国民の反発を防ぐためとか何とか。

詳しいことは知らないが、とにかくフグは禁止されてないようだ。

「お、お客様。フグはお出しできますが、もし中っても当店は責任を負えません。国の法によって、頼んだ者が悪いとされていますがよろしいですか……？」

ウエイトレスの娘が神妙な顔で尋ねてくる。

当たるも八卦(はっけ)、当たらぬも八卦。まあ俺は中っても死にはしないだろうけど。

「構わないですよ。ああ、それと……できれば肝もください」

フグの肝はかなり美味しいという。

地球にいた時に聞いた話なのだが、末期の味というか、死を覚悟しても食べたいほどの味だとか。

……いまの俺は吸血鬼だ。ならば、ならばっ……食べられるっ！

「あ、あのっ！　フグは肝に毒がありましてっ！」

「分かってます。その上で食べたいのです。安心してください、私は体の丈夫さには自信があります。なのでお願いします」

「いいぞー兄ちゃん！　死んだら骨は拾ってやる！」

「命を賭けるのは、戦場じゃなくて酒場でもいいはずだ！」

「俺も食べてみたいんだよなぁ！　毒のない肝なら死なねぇ！　肝試しってやつだ！」

周囲の酔っ払いたちはものすごく盛り上がっている。

「そういう問題では……ほ、本当にいいんですか？　警告しましたよ？　しましたからね！」

ウエイトレスの娘は困惑しているが、職務を全うすることに決めたようだ。

ただの雇われの少女が、無理やりに注文を止めるほどの筋合いはないしな。

しばらく待っていると、年配のオジサンがフグの刺身を盛り合わせた皿を持ってきた。

「あんたが命知らずのグルメ野郎か！　いいねぇ！　フグは美味いぞぉ！　そしてこれが

ご所望のフグの肝だっ！」

さらにオジサンは別の小皿を見せてくる。そこにはフグの肝の切り身が入っていた。

「だがよぉ。フグの刺身はともかく、肝ははっきり言って中る確率が極めて高いぜ。それでもいいなら止めねえけどな！　うちはそれがウリだからな！」

オジサンはそう言って皿を俺のテーブルに置くと、近くの空いている席にドンと座った。

たぶんこの人が店長なんだろう。

フグを出して死人が出るのを認めるとかヤバイ店だが、これも生き残り戦略の類いなのだろうか。

「久々に命知らずが来たな！　酒をくれ！」

「これが楽しみでここに通ってるんだよ！」

実際、周囲の客たちは盛り上がっているし。処刑は娯楽という時代もあったが、これもその一種なのかも。

「さあ食べな！　俺が見届けてやるよ！」

店長はどうやら俺が食べるのを見るまで、厨房に戻らないようだ。

さてフグの刺身と肝のどちらから食べようか。

どちらも美味しそうだがここは……肝試しと行こうじゃないか！

俺はテーブルに置いてあったフォークを手に持つと、ズブリとフグの肝を刺して顔の前まで持ち上げる。

　クリーム色に少し赤がかかったような色で、見た限りだとそこまで美味しそうには見えない。

　周囲は完全に黙り込んで、俺の一挙一動を見守っていた。

　吸血鬼の体なので大丈夫と思っていても、やはり少し怖いところはあるが…………ええい！　最悪でも寝込む程度だろ！

　俺は意を決してパクリと食らいつき、そのまま嚙んでいく。

「ねえリュウト、どうなんですの？　美味しいならワタクシも欲しいですわ」

「私も食べたい」

　ミナリーナとイーリが興味津々に見てくる。

　塩味がほどよく利いていて、柔らかくてクリーミーな肝とかみ合っている。

　おそらく毒だろうピリッとした味が、さらにそれを強調していて……結論から言うと。

「…………美味い。美味いぞ！」

　かなり美味しい！　この世界に来て色々と食べたが、ドラゴンの肉の次に美味しい！

「「「おおおおおお!!!」」」

　周囲の客たちが俺の雄姿を見て盛り上がっている！

　実際は毒程度で死ぬとも思えないので、特に雄姿でもないのは内緒だ！

「ミナリーナ！　お前も食べるか！　美味しいぞ！」

「食べますわ！」

「私も食べる」

「イーリはダメだ！　毒だから！」

こうして俺とミナリーナはフグ肝やフグの刺身を味わい始める。

美味いのでパクパクと食べてしまう。いかん、もうなくなってしまった。

「すいません！　フグおかわり！」

「……おうよ！　俺が腕によりをかけて切ったらぁ！」

近くの席に座っていた店長が勢いよく立ち上がると、厨房の方へと戻っていった。

そしてさらに追加のフグや、元々頼んでいたステーキやスープなどが持ってこられていく。

「美味い美味い！　いやー義勇兵ちゃんにこの店聞いてよかったな！」

「確かにこれは美味しいですわね！」

「私も食べたい」

「イーリはダメだ、危ないから。ステーキを食べなさい。俺の分もやるから」

「おう兄ちゃん！　あんたらいい食いっぷりだな！」

後ろから声をかけられたので振り向くと、恰幅（かっぷく）のいいひげを蓄えた爺（じい）さんが立っていた。

腕の筋肉が凄(すご)いので、たぶん力仕事を生業(なりわい)としているっぽい。

「それはどうも！　なにか用ですか？」

「いや実はな。ちょっと間違ってたらすまないんだが、あんたらワシの店にやってこなかったか？　貴族の男と令嬢っぽいのと、眼帯つけた少女が来てたって聞いたんじゃが」

俺の店？　………あ、もしかして。

「鍛治屋の店長だったりします!?　それなら訪ねたんですが留守でして！」

「やっぱりそうか！　特徴が随分似通ってたからそうでないかと思ったんじゃよ！　特に眼帯の少女なんてそうそういないからのう！　ワシはシルバリオンじゃ！」

「ねえリュウト。私も食べたい」

「なるほど！　すごい偶然ですね！　じつは少しご相談があるんですけど！」

イーリを手で制して、シルバリオンとの話を続ける。

なんてラッキーな！　たまたま来た酒場に目的の人物がいたなんて！

「相談とはなんじゃい？」

「あー……すみません。あとでご相談させていただきたいのですが！　込み入った商談ですので、できれば密室で！」

ここでスカウトするとなると、大勢の耳にドラクル村のことが入ってしまう。

「分かったわい。じゃあどこか他の場所で話すか。食べ終わるまで飲んで待っておくからの」

「じゃあ奢（おご）りますよ！」

「はっはっは！　そりゃ助かるわい！」

そう言い残すとシルバリオンは、自分の席へと戻っていった。

よしここでスカウトに成功すれば完璧だ！

そう思いながら改めて料理を取ろうとして、イーリがテーブルに突っ伏しているのに気づいた。

「おーい、イーリー」

呼んでみるが返事がない。寝てしまったのだろうか。

「あれ？　ちょっとリュウト、ワタクシのフグの肝食べました？」

ミナリーナがそんなことを言いながら、空っぽになった小皿を見せてくる。

「え？　いや俺はずっと話してたから知らないけど」

「じゃあ誰が食べたって言うんですの？」

「ミナリーナが食べたの忘れただけでは？」

「ないですわ。残り一つだったので、あとで食べようと残していたんですの。少し席を外したらなくなってましたわ！」

ミナリーナは自信ありげに宣言する。どうやら嘘をついているわけではなさそうだ。

そうなるといったい誰が、と思った瞬間、テーブルに突っ伏してるイーリが目についた。

よく見るとプルプルとマヒしたように震えていて……。

「ま、まさか⁉　イーリがフグ食べたんじゃ⁉」

「ええっ⁉　大丈夫なんですの⁉」

「どう考えても大丈夫じゃない⁉　ど、毒！　毒がっ！」

「血魔法ですわ！　血魔法で毒をとるのですわっ！」

俺は急いでイーリを店外に運び出し、コッソリと血魔法で彼女の体内から毒を回収した。

するとイーリは元気を取り戻して、すぐに体調が回復した。

「死ぬかと思った。末期の味がした」

「食べるなって散々言っただろ⁉」

「だってリュウトたちがすごく美味しそうに食べてたから。実際美味しかった。血魔法があればまた食べられるのでは？」

「絶対ダメ！　もう絶対禁止！」

イーリをかなり叱ったあと、店の中へと戻る。

するとお店内はものすごく大騒ぎになっていた。

「俺もフグを食うぞ！」

「あの兄ちゃんどころか、二人の嬢ちゃんまで食べたんだ！　負けてられねぇよ！　続け！」

　いやまあフグは中らなければ普通に食べられるのだが……あと追い自殺みたいにならないでくれよ。

「ミナリーナ、そろそろ出るぞ」

「ワタクシ、もう少しフグ食べたいですわ」

「いやー……またイーリがフグ食べたいって言ったら困るんだよ」

　よく考えたら俺たちだけパクパク食べて、イーリには禁止するのは可哀(かわい)そうだ。

　そりゃ食べたくなるよな……仕事帰りに酒飲みに行って、運転役だけ酒禁止って言うようなものだ。飲んだらダメだけど。

「シルバリオン殿。そろそろ外に出てお話したいのですが」

「おー！　いいぞー！　じゃあどこかいい場所はないか？」

　シルバリオンは木のグラスに口を付けながら叫ぶ。すでに顔が真っ赤になって出来上がっていた。

「シルバリオン殿の店はいかがでしょうか？」

　彼の店ならいいと思ったのだが、シルバリオンは少し顔をしかめると。

「あー……ワシの店はちょっと勘弁してくれ」

　予想外の反応だ。あ、でもシルバリオンの鍛冶屋に入った時、血の匂いとかしてたような。

とりあえずその件も含めて、腰を据えて話せる場所に移動しないと。

お勘定を済ませて店の外に出て、結局泊まっている宿屋へと戻る。

外はすでに真っ暗になっていたが、俺たちは夜目が利くので特に迷うこともなかった。

一応まだシルバリオンに正体は明かしてないので、人偽装で松明(たいまつ)は持っていたけど。

そして追加でシルバリオンの部屋を一室取って、その部屋でベッドに腰かけて話を開始する。

「えっとですね。じつは私は……」

「天上なるお方なんじゃろ？　吸血鬼の皮を被った」

「いえ普通の吸血鬼です」

思わず脊髄反射で返してしまったけど、天上なるお方って義勇兵ちゃんが言ってたやつじゃん!?

「あ、あの。なんでそんなことを知って……」

「知り合いと会ってな。困っておったら天上なるお方が酒場にいらっしゃるかもだから、相談してみてはどうかと言われてのう。まあ話半分じゃけど」

ぎ、義勇兵ちゃん……道理でシルバリオンから話しかけてきたわけだよ！　偶然でもラッキーでもなくて必然じゃん！

「私が吸血鬼と知って怖がらないんですか？」

「あいつが大丈夫、安全だと断言していたからのう。ワシはあいつの心は信用しておる」

シルバリオンの、義勇兵ちゃんへの信頼が厚すぎる件について。

い、いや結果的にはすごくよかったというか、望み通りの展開だけど……。

「それで話とはなんじゃい」

「あー。ドラクル村ってご存じですか？」

「噂程度はな。吸血鬼が長をやってる村じゃろ？」

「そうなんですよ。実は私はそこの長でして、村に来てくれる鍛冶師を探しているのです。それで高名なシルバリオン殿に来ていただけると嬉しいのですが」

シルバリオンは腕を組んだあと、目をつむって考え始めた。

「うーん……そうじゃのう」

かなり悩んでいる。やはり吸血鬼の村に来るとなれば、そう簡単には決められな……。

「吸血鬼と殺人鬼ならどっちがマシかのう……」

「待って。その比較酷くない？」

いきなり殺人鬼と比較されたんだけど!?　いや完全に別物というか、比べるような相手じゃないだろ!?

「というかなんで吸血鬼と殺人鬼を比べるんですか？」

「実はワシはな、殺人鬼に命を狙われてるんじゃ。それで毒を以(もっ)て毒を制すというか。吸血鬼に殺人鬼を相手してもらうというか」

「な、なんで殺人鬼なんかに命を狙われてるんですか……？」

もうツッコミが追い付かないので、とりあえず一番気になることを確認することにした。

いや殺人鬼に狙われるってなに!?

「じつはな、ワシは伝説の聖剣に匹敵するモノを打ったんじゃ」

「伝説の聖剣……？」

いったいそれはなんじゃろう。いかんうつった、いったいなんだろう。

「なんじゃい知らんのか。この世界にはすべての闇を滅すると言われた、四本の伝説の聖剣がある。ワシはそれに匹敵するモノを打てたんじゃ！　いやー！　我ながら人生で会心の出来じゃった！　まさに神がかっていたというかのう！」

シルバリオンはすごく楽しそうに自慢してくる。

本当に渾身(こんしん)の自信作なんだろうなぁ。ただ話が全く進んでない。

「えっと。それでその聖剣と殺人鬼になんの関係が？」

「うむ。じつはその聖剣を手に入れた男がな、ワシを殺しにこの街に来てるんじゃ」

「なんで？」

シルバリオンの話がまったく理解できない。

なんで聖剣を手に入れた男が、その作り手を殺そうとするんだ？　感謝するならともかくとして。

「ワシにも分からん。ただ殺されかけたので必死に逃げたんじゃ。それ以来店には戻れず、どうしようかと途方に暮れたところであいつに会ってな。それで天上の人なら助けてくれるとかで酒場に」

あいつとは義勇兵ちゃんのことだろう。

「ワシの最高傑作の最強にして天下無双の聖剣持ち相手となれば、吸血鬼では勝てる要素はない。そういう意味では逃げ込む先としては微妙じゃ。でもそんな場所まで逃げられたら、わざわざ追ってこないかもと考えてのう」

シルバリオンは自画自賛自慢しながら、仕方なく逃げ込む先にドラクル村を考えてると言ってくる。

まあこれに関しては何も言うまい。そりゃ普通の人間が好んで吸血鬼の村には来ない。

ハチミツと金銀を大量に渡しても、説得できるか怪しいと思っていたのだ。むしろ好都合とまで言える。

「ご安心を。私は聖魔法に耐性のある吸血鬼でしてね。聖剣相手でもなんとかなるでしょう」

「話は聞いているがそれでも無理じゃわい。ワシの聖剣から放たれる光はな、聖魔法に耐性どころか本来効かない相手すら殺してしまうんじゃ。自分の才能が恐ろしいわい」

……聖魔法の効果がない相手でも殺す？

それ本当に聖剣？　邪剣の類いでは？　と思ったが口には出さないでおこう。

シルバリオンはその剣に誇りを持っているようだし、悪く言われたら不愉快に……。

「それ邪剣の類いでは」

「イーリ!?　すみません！　この娘、毒気はあるけど悪気はないんです！」

イーリの頭を摑んで、無理やり頭を下げさせる！

「はっはっは！　そんなに褒めるな！　確かにあの剣は強すぎる。使い方次第では邪剣にもなってしまうじゃろうなぁ！　邪険にされたら流石にキレるがのう！」

すごく機嫌よさそうに高笑いするシルバリオン。

どうやら話を曲解してくれたようで、悪口を褒め言葉に脳内変換してくれたようだ。

「そういうわけじゃから、ワシはドラクル村とやらに行ってもいい。ただし言っておくがワシは腕が立つから、もし吸血鬼が襲ってきたらやり返すからな」

腕を組んで鼻を鳴らすシルバリオン。

なるほど、自分の腕にも自信があるのか。だから吸血鬼をそこまで恐れてはいないと。

「襲われたなら別に構いません。是非来てください」

「じゃあ交渉成立じゃ！　この街は物騒なのがおるから、夜が明けたら出るぞ！」

「あ、すみません。我々の活動時間は夜なので、次の夜まで待ってほしいのですが」

「……仕方ないのぅ」

シルバリオンは不服そうだ。

殺人鬼のいる街にいたいわけがないのは当然か。

ただなぁ……俺は日中でも関係ないけど、ミナリーナが結構キツそうなんだよな。

日中でも活動自体は問題ないけど、能力が結構低下するらしいし。

実際ミナリーナは街を歩いていても、なるべく建物の日陰を歩いていた。

少なくとも日中に街道を暴走するのは無理なので、朝昼は眠ってもらったほうが結果的にドラクル村に早く戻れる。

「ご安心を。もし殺人鬼が来たら俺が撃退しますよ」

「無理じゃ無理じゃ。まあ人気の多い場所なら、そうそう殺しに来ることはないじゃろ」

「あ、だから酒場に来たんですか？」

「そうじゃ。店だとワシひとりじゃから危ないと思ってな」

なるほどなるほど。

殺人鬼に狙われてるのに酒場で飲むか……？　と思ったが、逆で狙われてるからこそだったのか。

そんなわけで俺たちは一朝過ごして、日が暮れてきた頃にベーリアの正門をくぐっていた。

「殺人鬼出なかったね」

イーリが俺の横で、小声でそんなことを告げてきた。

「そうだな。本当によかったよ」

結局殺人鬼は襲ってこなかったな。こなくて助かったけど。

「別に来ても問題なかったのでは？」

「いや来たら面倒だった。手加減して追い払う必要があったからな」

本当に殺人鬼が出てこなくてよかった。

だってもし殺人鬼を捕らえてしまったら、シルバリオンはドラクル村に来る理由がなくなるからな！

かといって下手に逃がしたら、今度はシルバリオンから不興を買ってしまう。

もし殺人鬼が襲ってきたら苦戦するフリして、頑張って逃がさないとダメだった！

演技力を求められる事態にならなくてよかった！

そういえばシルバリオンって腕が立つって言ってたけど、殺人鬼には立ち向かわなかったのだろうか。

……まあ殺人鬼相手にわざわざ戦いたいとも思わないか。

シルバリア王国王都にある建物。吸血鬼狩りギルド、シルバリア支部。その一室で話し合いが開催されていた。

代表者たちが円卓を囲み、談笑しながら会議を行っている。

「では今回の議題だ。シルバリアとダンケーの戦争だが、開戦せずにダンケーの軍が撤退した」

参加者の中でもっとも頭に髪がない者が、議題を発表した。

「それがどうしたというのだ？　我々吸血鬼狩りギルドとは直接の関係がないだろう」

「経済的な大きな問題だがね。ダンケーは我らにしっかり寄付を払っているので、この国を滅ぼしてくれた方が嬉しかったが」

「そもそも我々も、こんな儲からない国にいたくはないのだからな」

ダンケーは吸血鬼狩りギルドの加盟国として、しっかりと金を支払っている。

対してシルバリア王国は、吸血鬼狩りギルドへの非加盟国だ。吸血鬼狩りギルドからすれば、金を払ってくれる土地が増えるほうがいい。

「やれやれ。シルバリア王国は本当に酷い国だ。早く滅んでほしいものだな。我々はほぼタダ働きをさせられているのだから」

「仕方あるまい。この国がどうなっても構わぬが、周辺国は守らなければならない。シルバリア王国で吸血鬼が異常増殖されては困るのだよ」

では何故吸血鬼狩りギルドは、シルバリア王国に支部を置いているのか。

それはシルバリア王国に隣り合ってる国々のためだ。

もしシルバリア王国で吸血鬼が増殖してしまった場合、彼らは隣り合っている周辺国へと漏れていくだろう。

そんな事態が起きた時の早期対処のために、吸血鬼狩りギルドはシルバリア王国にも支部を用意していた。

「まったく……シルバリア王国は酷い。国民が可哀そうというものだろう」

この話だけ聞くとシルバリア王国は悪に聞こえるかもしれない。だが吸血鬼狩りギルドに守ってもらうには、莫大な金銭を年ごとに支払う必要がある。

シルバリア王国でいうならば、国家予算の一割以上にも及ぶだろう。

それだけの大金を払っていたら国民は飢えてしまう。

事実として吸血鬼狩りギルドに加盟している国たちは、かなり貧しく経済的に余裕がない。

隣国であるダンケーが、シルバリア王国に攻めてきたのも、吸血鬼狩りギルドへの支払いが厳しいのが一因でもあった。

周辺国は吸血鬼から血を吸われない代わりに、金を吸われ続けているのが現状だ。

「いかん、話が逸れているな。それでダンケーの軍が撤退したからどうしたのだ？　人間同士の戦争なら、我らが話し合っても何もできんぞ」

「確かに人間同士なら我らに関係ない。だが吸血鬼が関わっているとしたら？」

「……ほう？」

頭に髪がない者の言葉に、参加者たちは小さく声をあげた。

「じつはな。ダンケー軍が撤退したのは、突如として不格好な巨大ドラゴンが現れたからと報告を受けている。このドラゴンはなんの前触れもなくいきなり戦場に出現して、さらにどこかへ消えたと。諸君らならこの意味が分かるだろう？」

「……吸血鬼が変身したか。巨大ドラゴンなどがいきなり戦場に現れ、しかも消えるなど考えづらい」

参加者のひとりが即答し、他の者も追従するように話し始める。

「吸血鬼の変身ならばむしろすべてに納得がいくからな。巨大ドラゴンにまでなれる吸血鬼など、かなり数が絞られるがだからこそだ」

「この付近には例の村があるからな。『人飼い』リュウト、『紫光』ミナリーナのどちらかがやったと考えられる。朝の出来事だったとあるが、特級ともなれば日中でも活動はできる。動きが妙だったらしいのも、その説を補強している」

「日中だからうまく動けなかったということか」

吸血鬼狩りギルドの間で、すでにリュウトの二つ名はつけられていた。

——人飼い。人間の村を占領し、人を家畜にしていると決めつけられた二つ名だ。

当然ながら吸血鬼狩りギルドの者たちは、リュウトの『人と吸血鬼の共生』などという宣言を妄言と断じていた。

人でなしの言など、信じる道理がないからだ。

「しかし吸血鬼の仕業として、目的はなんだというのだ？」

「大勢の人を誘拐するためだろうな。ダンケーの軍の兵士は散り散りに逃げたのだから、混乱に乗じてそれなりの数を攫(さら)っても気づかれない。これが街ならばそうはいかぬ」

「人がいなくなれば警戒されるからな。だが戦争ならば百人消えても疑われぬか」

街から数人いなくなれば目立つし騒ぎになるだろう。

だが戦争は人がいなくなる、死ぬのが前提の場所だ。百人程度がいなくなっても、戦死ということで話が終わってしまう。

「なるほど、ならばこれは人飼いの仕業か。奴(やつ)が飼う人間を増やすために起こしたと」

「そうだろうな。人飼いめ、吸血鬼の分際にしては頭が回る奴だ。これは放置しておいてはマズいか。シルバリア王国の被害はどうでもよいが、ダンケー国が被害を受けているからな」

　吸血鬼狩りギルドにとって、シルバリア王国はどうでもいい存在だ。

　だがダンケーが被害を受けたとなれば話は別。ダンケーからはしっかりと金をもらっており、吸血鬼狩りを派遣している国だ。

「ダンケー国は守らなければならないな。そうと決まればどうする？」

「吸血鬼狩りの軍を編成し、ドラクル村を潰すべきだろう。ちょうどこの国には、『血塗（ちまみ）れの聖人』が滞在している」

「新たに生まれた五つ目の聖剣、『銀翼の天神剣』を与えた者か」

「人飼いは『銀の聖女』を堕（お）として調子に乗っているだろうが、血塗れの聖人は小娘とは格が違う。人飼いは知るだろう、奴が好き勝手できたのは我々が本気で動いてなかったからだと」

「決まりだな。ではドラクル村に軍を差し向けよう」

　頭に髪がない者が話をまとめあげて、参加者のほぼ全員が賛同の声をあげる。

　その中でひとりの青年――ボドアス――だけが不服な顔をしていた。

「あ、あのすみません。ドラクル村に軍を差し向けるのはいいのですが……吸血鬼がダンケー軍を追い払ったのは、本当に人を攫うためなのでしょうか？」

　彼はこの部屋でただひとり、今回の結論にわずかな違和感を持っていた。

他の者たちは怪訝(けげん)な顔でボドアスに視線を向ける。

「何をいまさら。先ほどまでの話を聞いてなかったのか？」

「いえ聞いてました。ですが違和感が……特級ともなればそんな面倒なことをしなくても、夜間に軍を襲撃して百人ほど連行してもいいのではと」

ボドアスは自信なげに呟(つぶや)く。そんな彼の言葉に対して、他の参加者たちは笑い始めた。

「ははは。我らの介入を恐れて、吸血鬼が襲ったとバレたくなくてドラゴンになったのだろう。無駄だったがね」

「所詮は吸血鬼だ、そこまでのことは考えてないのだよ。我らを騙せたと思い込んでるだろうさ」

「……そ、そうですよね」

ボドアスはそうして自分の意見を取り下げた。

彼自身、ほんの少しだけ疑問に覚えた程度だったからだ。

だが仕方ないだろう。リュウトが戦争に介入した理由が、まさか罪悪感と商人たちとの交渉のためなど分かるわけがないのだから。

そうして翌日の夜、リュウトたちはベーリアを出たのだった。

リュウトたちが出発する数時間前。

都市ベーリアのアガリナリの店の前では、馬車が用意されていた。

日が暮れ始めた夕方。アガリナリがドラクル村に物資を運ぶために手配を整えている。

雇った力自慢三人が、荷物を積み込んでいた。

「その荷物は馬車に積んでください！　それはたぶん不要なので今回はやめておきましょう！」

「この銀剣はどうします？」

「そんなものを持っていけるわけないでしょう!?　……失礼、置いていってください」

アガリナリは頭を下げる。

手伝いの男たちはあくまで荷物運びであって、アガリナリがドラクル村に向かうことなど知らない。

「えっと、そろそろ積み終わりですね。これなら明日の朝には出発できそうです」

アガリナリは額を腕でぬぐう。

周囲は薄暗くなってきていた。本来ならもう仕事を終わっている時間であったが、明朝

出発したいので頑張っていた。

もうほぼ夜のため、すでに街を歩いている者はいない。

そんな中でひとりの青年が、ニコニコと笑いながらアガリナリの店に近づいて来る。

「こんばんは。こんな時間まで精が出ますね」

「え？　あ、ああどうも……」

青年は神殿にいる神父のような服装をしている。だが何故か剣と鞭を下げていて、少しばかり妙な恰好だ。

それにもう真っ暗になりかけているというのに、松明を持ってもいない。日が完全に暮れたら、松明なしでの街の移動は危険に過ぎる。

「えっと。そろそろ日が暮れますよ。急いで帰った方がよろしいのでは……？」

アガリナリは訝しんでいることを隠しながら、神父に向けて助言を送る。

「ありがとうございます。ですが私は神の使いなので、夜の闇など問題はないのです」

「そ、そうですか……」

「ところでひとつお伝えしたいのですが」

神父は馬車の荷台を見ながら、ニコニコと笑い続けている。

「え、ええはい。なんでしょうか？」

「私はこれから貴方を殺しますので、どうか神にお祈りください」

「……はい？」

神父のあまりな言動に、アガリナリは間の抜けた声を出した。

だが神父はそのまま腰の鞘から剣を抜いた。

その剣は夜の闇の中でも、厳かに力強く輝く銀の刃を持っている。

「えっ、えっ」

「おいおい神父様。さすがに抜剣すると冗談じゃ済みませんぜ。まあ銀剣でなにするつもりか知りませんがね」

「そもそも神父じゃないだろあんた。夜盗の類いなら相手になるぜ。雇い主さん、護衛代も報酬に追加してもらおうか」

アガリナリの雇っていた力自慢たちは、近くに置いていた剣を手に取って構える。

彼らは今日こそ荷物運びをしているが、普段は傭兵として戦場で戦う者たちだ。

本来なら隣国との戦に出るはずだったが、戦争にならなかったために力仕事で旅費を稼いでいたに過ぎない。

「おお、貴方たちもまた闇の者を手助けすると。では仕方ありません、神の代行者たる私が裁きを下しましょう」

神父は三人の屈強な男に剣を向けられても、笑みを浮かべたままだ。

「さて闇の者よ。裁きを受けなさい。聖なる陽よ、闇を祓え」

神父は銀剣を振りかぶって空を切った。

すると強烈な光の線が剣から発せられて、男の一人を飲み込む。

光が消えた時、男は炭のように黒焦げになって力なく倒れた。間違いなく即死だ。

「なっ……!?　なんだいまのは!?　聖魔法!?　だが聖魔法は人には効かないはずっ……!?」

「ど、どうなってやがる!?」

残る二人の男はあまりの光景に唖然として、黒焦げになった死体に目を奪われた。

その瞬間、神父は即座に動いて残る二人に肉薄し剣を振るう。

銀剣から発せられた光が、一人の男を炭と化した。もう一人は腹部を剣の腹で叩いて気絶させる。

「さて。残りは貴方だけですね？　吸血鬼に通じる者よ、裁きを受けなさい」

神父は笑顔のまま、アガリナリのもとへと近づいて来る。あまりの恐怖にアガリナリは腰を抜かして地面にへたり込んでいる。

「ひ、ひいっ!?　だ、誰か!?」

「誰も来ませんよ。さて死んでいただき……む？」

アガリナリの懐が急に膨らみ、神父は訝し気な顔になる。

その瞬間だった。アガリナリの衣服からなにかが飛び出してきた。

真っ赤な血の文字だった。血の文字が紙から飛び出したように宙を浮いている。

さらに大量の血文字がアガリナリの服から出てきて、なんと神父に向かって襲い掛かり始めた。

「奇怪な術を……やはり貴方は闇の者ですねぇ！」

神父は叫びながら血文字と戦いを始めた。

その隙をついて、残る血文字たちがアガリナリの目の前で姿を変えていく。

――いまのうちに逃げろ、と。

「はっ!?　は、はひっ！」

アガリナリは急いで立ち上がると、馬車の御者台に飛び込んだ。

そして馬車を動かして逃げ始める。

「おお！　逃げるのですか！　このロディアの裁きから、逃げられると思わぬことです！」

神父は血文字を銀剣で撃ち落としながら、そう叫ぶのだった。

第5章

吸血鬼、村をまとめる

俺達は街道を暴走して、ドラクル村へと戻ってきた。

俺がシルバリオンを、ミナリーナがイーリを背負っての帰還だ。

そうして村に足を踏み入れると、アリエスが俺たちのもとへ走ってくる。あ、ズッコケた。

「ちょ、ちょっと貴方！　あの手紙はどういうことよ！」

アリエスは体の土をはらいながら叫んでくる。どうやら怪我はないようでなによりだ。

「手紙には単純明快に書いておいたはずだが」

「最初は『戦争に参加することになった』！　そして次の日には『もう戦争は終わったから大丈夫』……なにひとつ分からないわよ！」

「インクがもったいないから節約したんだよ。そんなに怒らないでくれ」

ベーリアにいる時にアリエスに手紙を送ったのだが、紙もインクもほとんどなかった。どちらもこの世界ではそれなりに値が張るからな。

元村長から少しもらっていたけど、もったいないから節約しようとして最低限の内容だけ伝えた結果だ。

「悪かったよ。じつは隣国の軍が……」

俺はアリエスに参戦した理由を説明した。

「……そう。それなら仕方ないわね」

どうやら納得してくれたようで、怒りをおさめてくれた。

「でもドラゴンに変身して暴れるなんて派手にやったわね……」

「派手にやらないと逃げてくれないだろ」

「それはそうなんだけど……うーん」

アリエスはなにか懸念があるのか、眉をひそめている。

「どうしたんだ？」

「……いえなんでもないわ。ドラゴンに化けて出たなら、吸血鬼だとバレることもないか。それよりも問題が起きているのよ。吸血鬼と人との間で、少し亀裂が生まれちゃって……」

「なにっ⁉」

「とりあえず本人？　たちから話を聞いてもらった方が早いと思うわ。吸血鬼血下大迷宮に来て」

アリエスはそう言って手招きして走り出す。

帰ってすぐで疲れたとか言ってはいられない！　吸血鬼と村人の仲は最優先事項だ！

「イーリ！　シルバリオン殿を元村長に紹介して、空いてる家を手配するように……」

「いいわい。ワシもこの村のことが気になるしついていく」

シルバリオンを休ませようと思ったが、彼は俺についてくるように走ってくる。

そして俺たちはアリエスを先頭に……しようとしてすぐに追い抜かしてしまった。

俺やミナリーナだけではなく、イーリやシルバリオンですらだ。

「なあアリエス。すごく申し訳ないんだけど、もう少し速く走れないか……？」

「きゅ、吸血鬼の足に合わせられるわけないでしょ!?」

「いやイーリとシルバリオン殿より遅い……」

「うるさいわね!?　あまり運動には自信ないのよ!?」

そして俺たちは血下大迷宮へと降りる。普段なら誰も灯りを必要としないので真っ暗だが、今回は夜目の利かないシルバリオンが松明を持っていて少し明るい。

相変わらず棺桶の並ぶだだっ広い場所で、吸血鬼たちが集まっていた。

「お前たち！　人とうまくやってないと聞いたがどういうことだ！」

「村長か！　どうもこうもない！　我らのサフィをイジメた人間許すまじ！」

「そうだそうだ！　よくもサフィを酷い目に！」

吸血鬼たちは高らかに叫ぶ。

よく見ると彼らの中心には、オドオドとしたサフィが立っていた。

「……酷い目？　俺がいない間に、村人がサフィに何かしたのか？」

アリエスに問いただす。

吸血鬼が人間に何かするのを危惧していたが、その逆ということか？

サフィはアイドル顔負けの美少女なので、誰かが暴走してしまった？

「えっとね。村人が何かしたわけじゃないのよ。サフィがこの村に来る前の話らしくて……」

「人間許すまじ！」

「サフィを酷い目に遭わせた奴を許すな！」

吸血鬼たちはさらにヒートアップしている。こうなると主観的になりすぎて、偏った内容しか聞けない。

とりあえずここは本人から話を聞いてみるしかないか。

「えっと、サフィ。ちょっと詳細を教えてもらってもいいか？」

「は、はい……ごめんなさい。サフィのせいでこんなことに……」

サフィは申し訳なさそうにそばまで来て、上目遣いで俺を見てくる。

「じゃあちょっと外で話そう。この地下室だと騒がしい」

「は、はい」

サフィを地上に連れ出して、改めて話を聞くことにした。

「えっとだな。まず確認させてくれ。吸血鬼たちが怒っているのはサフィが人に酷いことをされたからで、その酷いことは村に来る前にされたのでいいか？」

「は、はい。合ってます……ここにいる村人の方たちは一切関係ないです……ごめんなさい……」

サフィはビクビクしながら告げてくる。

明らかに怖がっていて少し話を聞きづらい。でも流石に問題を放置するわけにもいかないからなぁ。

「じゃあ。どんな酷いことをされたのか教えてほしい」

「なんかリュウトがクズっぽく聞こえる」

「嫌がる少女を無理やりイジメてるみたいですわね」

「仕方ないだろ!?」

イーリとミナリーナに反論しておく。

俺だってなんか悪いことしてる気分になってるけどさぁ！

「は、はい……えっと……私は元々人間だったのですが……吸血鬼に噛まれていまの姿になりました」

「ふむふむ」

「それであの……その吸血鬼に襲われたのが、とある吸血鬼狩りの人のせいでっ……ひっく……」

サフィは涙をポロポロ流し始めた。

吸血鬼に襲われたのが吸血鬼狩りのせい？　どういうことだ？

問いただしたいのだが、サフィがガチ泣きしているので聞きづらい。

「えっと、サフィ。話すのがキツイならまたあとで……」

「い、いえ……その吸血鬼狩りの人が、吸血鬼を従えていたそうなんです。それでサフィを攫って、吸血鬼にしたんです。そのあとは牢屋に閉じ込められて、酷いことをされて……！」

泣きながら訴えてくるサフィ。どう見ても演技ではない。

普通なら吸血鬼狩りが吸血鬼を従えるなんてあり得ない話だ。だがこの村も以前に吸血鬼狩りギルドの下につく吸血鬼に襲撃された。

そう考えると嘘と断じるわけにもいかない。というか吸血鬼狩りギルドはかなり腐った組織なので、普通にあり得るというのが正直なところだ。

「その吸血鬼狩りの人が、私を攫って好きにするために吸血鬼にしたんだって……。吸血鬼なら、何をしても問題にならないからって……」

「なあアリエス。吸血鬼狩りって、吸血鬼になった元人間に対する人権の意識とか持ってる？　これはしたらダメとか」

「ないわ。吸血鬼になってしまえば元は人間でも、ただの吸血鬼として扱う。だから吸血鬼狩りによっては、その……かなりエグイことをする奴もいるわ」

アリエスは苦々しい顔で答えてくる。

……サフィの言うことが本当なら、あまりにも非道な話だ。

彼女を吸血鬼にするように仕向けて、吸血鬼になったからと好き放題する。

マッチポンプにもほどがある。消防団が火事を起こして消火している間に、貴重品を火事場泥棒するようなものじゃないか。

「それを吸血鬼の皆さんに話したら、人間はとんでもない奴だと……吸血鬼は人間の便利な駒じゃないって怒って……」

……そりゃそうだな。

吸血鬼たちからすれば腹が立つのも無理はない。

自分たちの同胞が駒として扱われた。サフィを可愛がってる感じもするし、怒るのも当然だ。

「それで吸血鬼たちが怒ってるのよ。外で工事してたときに彼らの怒り声が村の人にも聞こえてしまったみたいで、ちょっと微妙な関係になってるの。ごめんなさい、私が気を付けていれば……」

アリエスが現状を付け加えて教えてくれる。

吸血鬼たちに酒場を建ててもらっていたのが災いしたか……。

やはり俺のいない間に仕事をさせない方がよかったか？　いやでも時間がもったいないからなぁ……。

「いや、アリエスのせいじゃない。吸血鬼たちに外で工事をやらせておいて、叫ぶのを止めろというのも無理な話だ。俺の責任だ」

これは俺の失敗だ。なんとしてもリカバリーしなければならない。

村人と吸血鬼の関係が壊れてしまえば、もうドラクル村は成り立たなくなる。

せっかく村人からの信頼を稼いで、さらに外から商人や鍛冶師も呼べたんだ！

そもそも吸血鬼と人間がそうそう上手くいくわけがない！　これくらいのトラブルはちょくちょく起きる想定で、そのつど撥ねのけていかないと！

「いやでも私が……」

「誰が悪いとか今はどうでもいいですわ。それより解決策を考えたほうがいいですわよ」

なおも食い下がるアリエスに、ミナリーナがそう告げてくれた。

アリエスは責任感が強いからな、自分が悪いとしたいのだろう。それは美徳なんだがいまは『誰が悪い』ではなくて、『どうリカバリーするか』を考えるべきだ。

これを第三者であるミナリーナが言ってくれたのがありがたい。

俺とアリエスだとどうしても責任のなすり合い……いや取り合いになるからだ。

俺だって自分が悪いと思ってるが、今は反省よりもやることがある。

「ひとまず村人への言い訳はできる。いまの話を聞けば、吸血鬼たちが怒ってる内容は理解してもらえるはずだ。村人たちからすれば、吸血鬼たちの怒りが自分たちに向けられてることは理不尽だが」

サフィのされたことは、人間基準でもかなり非道なことだ。吸血鬼たちがそれを同族がされたことで、人間に怒るということ自体は村人たちも理解できるだろう。

問題は村人たちにとって、その怒りを自分たちに向けられるのは理不尽だということだ。

村人たちは何もしていないし悪くないのだから。

「……以前の私が、貴方にやったのと同じってことね」

アリエスが少し落ち込んでいる。

彼女はとある吸血鬼に故郷の村を滅ぼされたことで、すべての吸血鬼を恨んでいた。

それを俺にもぶつけてきた気持ちは分かる。だが、ぶつけられた側は不快極まりないのだから。

「吸血鬼たちの怒りが村人に向いていたらどうにもならない。これをなんとかしないとダメなんだが……」

「アリエスどう？　元当事者としてなんとか」

イーリが言葉を投げると、アリエスは眉をひそめる。

なので私はイーリの頭をペシッと軽く叩いておいた。少しはオブラートに包みなさい。

「……ごめんなさい。自分で言うのもなんだけど、昔の私を説得するのは難しいと思うわ……。ただ吸血鬼たちは私ほどの怒りじゃないはずよ。身内が酷い目に遭わされたのは事実だけど、サフィが吸血鬼になったのは直近の話でしょ？　そこまで関係が深いとは思えない」

確かにアリエスの言うことはもっともだ。

アリエスと今回の件では話の前提が違う。アリエスは両親を含めて、村のすべてを滅ぼされて恨んだのだ。

対して吸血鬼たちはあくまで、他鬼であるサフィがされたことに怒っている。

しかもサフィが吸血鬼になったのは直近のことなので、彼女と親友である吸血鬼もたぶんいないはずだ。

吸血鬼たちが腹を立てるのは分かる。だがアリエスの復讐心に比べれば、恨みや怒りの度合いはさすがに劣るはずだ。

「つまりうまくやれば怒りをなんとかできそうではあるな」

「ワタクシもそう思いますわ。同胞が人間に酷い目に遭わされたのは不快ですけど、恨み骨髄になるほどではありませんもの。ただこのまま村人と吸血鬼が揉め始めたら、そうも言ってられませんが」

ミナリーナの言葉にうなずく。

揉め事はだいたい悪化していくものだ。もし吸血鬼と人間が口論になれば、互いに相手に怒りを覚えるだろう。

最初はサフィのために怒っていた吸血鬼たちも、次第にイライラして口論相手の村人に腹が立っていく。

そうなるとその怒りはもはや自分たちのものだ。他人ごと、いや他鬼ごとではない。

「やはり早期解決しないとな。病気を悪化する前に治すように」

最初は軽い風邪でも悪化すれば肺炎になる。

今ならなんとかなりそうな話だ。だがこの間に完璧に対応しなければ、吸血鬼と村人の関係が壊れかねない。

「吸血鬼は病気しないのでは？」

「例えだからそこにツッコまないでくれ。それとサフィ、答えづらかったら拒否していいんだが。サフィを襲った吸血鬼狩りの特徴を教えてくれるか？」

イーリのツッコミをかわしつつ、サフィのほうに視線を向ける。

もしそいつに会う機会があったら、ボッコボコにして捕らえてやるつもりだ。

「え、えっと……神父服を着て、帯剣していた人です……。あとすごく怖い……」

……ん？　それってベーリアの街で会ったような。

「名前は？」

「そ、その人の名前は……名前は……ひっく、ぐすっ」

「す、すまん!?　無理してまで言わなくていいから!?」

サフィが号泣し始めたので慌てて話を止める。その吸血鬼狩りへのトラウマが酷くて、名前すら言えない状態なのだろう……。

そいつの特徴が服装でしか判別できないなこれ。

いや神父服で帯剣してるのってかなり変わってるが、あくまで服装でしかないからなぁ……俺が街で話した奴と同じ人物なのだろうか。

でもサフィはこれを言うのだけで泣いてるし、これ以上聞ける雰囲気じゃない……。

「サフィ、ありがとう。もし見つけたら俺が殴ってやるからな」

「あ、ありがとうございます……」

「じゃあ改めて吸血鬼たちと村人の間を取り持つ策を考えよう。サフィはしんどかったら、地下に戻って休んでくれ」

改めて皆で対応策を考え始める。

「吸血鬼のエサを一割増やす」

「そういう問題じゃないだろ」

「ハチミツを皆に配るのですわ！　甘いものを食べればきっと落ち着きますわ！」

「村の資金源がなくなるのでダメだ」

「え、えっと。私もなにか言わないと……」

「アリエス、無理しなくていいから」

だが妙案というのはすぐには思いつかない。色々と話し合ったが解決策はなかなか出てこなかった。

あまり同じことを考えていても、こういうのは思いつかない気がする。

「よし、少し時間を置くか。今日はこれで解散……」

「リュウト様！」

「大変でございます！」

「緊急事態です！」

俺が最後まで言い終える前に、モグランたちがどこからともなく現れた。

なにやら普段よりも焦っているように見える。

「どうした？　何かあったのか？」

「は、はいっ！　アガリナリ氏が襲撃されました！」

「吸血鬼狩りギルドが、ドラクル村への侵攻を宣言しておりますっ！」

「ミツバチとスズメバチが喧嘩しておりますっ！」

「な、なんだって!?」

ど、どれもドラクル村の存亡にかかわる一大事じゃないか!?

なんでそんな重大事件が一気に起こったんだ!?

吸血鬼と人間のトラブルだけでも、かなり困った事態になってるのに!?

「や、ヤバいぞ!?」

「ミツバチとスズメバチ以外は大変」

「何を言う！　それもかなりヤバイぞ！　我が村の特産品と護衛が両方去ってしまう可能性もあるんだ！」

我がドラクル村で最も安定しそうな商売は、やはり養蜂と言えるだろう。

近くに金銀山こそあるが、そちらは現状ではあまり期待しない方がいいと考えている。

なにせどれだけの鉱石が眠っているかも分からないからな。掘ってみたら数年分しかありませんでした、なんて普通にあり得る。

対して養蜂はすでに安定し始めていて、ミツバチさえ増やせばさらなる規模拡大も容易だ。村の今後の資金源として計算している。

この状況でミツバチの不興を買えばどうなるか……ドラクル村の計画がすべてご破算になりかねない！

「まさに泣きっ面にハチ」

「ハチに蜂起されたら終わりなんですわねこの村」

「命運をハチに握られてる村……」

「ええい言ってる場合か！　モグランたち、とりあえず順を追ってそれぞれ説明してくれっ！」

「ははっ！　ではまずはアガリナリ氏が襲撃されたことから！」

モグランはビシッと敬礼すると、

「アガリナリ氏が街から出ようとしたところ、謎の男に襲撃されました！」

「アガリナリ氏は無事か!?」

「無事でございます！　幸いにも馬車で逃げおおせたようで、我が村に向かっております！　リュウト様の血文字契約書が活躍したようです！」

念のために契約書を、血文字で書いていてよかったな。

契約書を盗む者やこの交易に対する敵対者が現れた時、血文字が自動的にその襲撃者に対して襲い掛かるように仕掛けをしておいた。

……あとは、もしアガリナリ氏が俺たちのハチミツを持ち逃げしたら、そのとき用でもあったのだが。

「それはよかった。じゃあそいつはもう倒したのか？」

「いえ……血文字が負けてしまいました」

……俺の血文字が負けた？　自分で言うのも何だが、血文字は仮にも俺の力の一部だ。

そんじょそこらの奴どころか、かなり強い魔物相手でも勝てるくらいだぞ。少なくともクマとかくらいなら相手にならない。

それが負けるとは予想外だ……アガリナリ氏を守れたのはよかったが。

「アガリナリ氏を襲ったのは聖魔法を使う者でした。おそらく吸血鬼狩りかと」

「……吸血鬼狩りが、普通の人間を襲ったのか？　アリエス、吸血鬼狩りってそういうのもやるの？」

「や、やらないはずよ。たぶん……」

アリエスは自信なげに俯いた。

俺の知ってる吸血鬼狩りギルドの行いを鑑みれば、全然やりそうだけどな……。

「とにかくアガリナリ氏の件の急場はしのげたか。念のためコウモリやスズメバチを護衛につけてくれ」

「もうつけております！」

コロランがバサバサ飛びながら叫ぶ。どうやら俺の眷属は優秀なようだ。

馬車で逃げることができたなら、とりあえずは大丈夫だと思いたい。仮にその謎の男が追いかけてくるとしても馬に乗ってだろう。

それならその男が強くても、馬の方をスズメバチが倒してくれたら問題ない。

「よくやった。じゃあ次に吸血鬼狩りギルドの侵攻宣言について教えてくれ」

「ははっ！　ベーリアの都市に、こんなビラが配られておりました！」

ガンが小さな手足で紙を持ちながら、俺の目の前まで飛んできた。

受け取って内容を確認すると。

【吸血鬼狩りギルド、ドラクル村討伐を決定。血塗れの聖人を隊長に軍を編成！】

と大きな見出しで記載されている。詳細を更に読んでいくと、

「……戦場で現れたドラゴンが俺とバレているのはいい。だが、その目的が人攫いとはどういう了見か！」

先日の隣国との戦争のドラゴンは俺で、敵軍を散らした混乱で人を大勢攫ったと記載されていたのだ。

それで吸血鬼狩りを大勢揃えて、ドラクル村に正義の裁きを下すと！

「意味分からんぞ！　俺は良心の呵責と、街の食料確保のために追い払ったのに！」

「吸血鬼がそんな理由で動く方が、普通は意味分からないわよ……」

「吸食鬼だからね」

「大嘘のフェイクニュース流しやがって！」

怒りに身を任せてビラを引き裂……こうとして、もったいないので懐にしまった。

「破かないの？」

「裏は白紙だから、手紙に使えるかなって……」

「セコイ」

紙は貴重だ。もちろん正式な手紙には使えないが、例えばアリエスなどの身内に送るものならいいだろう。

ドラクル村が襲撃されるのも問題だ、対策は考えないといけない。

だがあくまで討伐を決定しただけで、軍を編成するなら時間がかかるはずだ。

「吸血鬼狩りはすぐには攻めてこられないはず。となると優先順位は……まずは急いでミツバチたちの話を聞きに行くぞ！」

「結局最優先はハチミツ関係なのね……」

「求蜜鬼」

俺たちは急いで養蜂場へと向かった。するとミツバチたちは巣の周りをブンブン飛び回っている。あれはたぶん怒っているのだ。

「どうされました！　なにかスズメバチとのトラブルがあったとお聞きしたのですが！」

『あいつらがクマを、養蜂場の近くまで誘導したんだ！』

ミツバチたちは怒りをあらわにしながら叫んだ。

クマを養蜂場に誘導？　スズメバチがそんなことをするメリットがあるとは思えないが……。

なにせスズメバチへは給与の一部として、ここの養蜂場のハチミツを支払っている。

もしここがダメージを受ければ、彼らの給与も減るわけで……。

『どうせあいつら、俺たちのことを食料としか思ってないんだ！　こんなところにいたら危険じゃないか！』

「ええと、少々お待ちください！　もう少し情報収集しますので！」

とりあえずスズメバチたちにも話を聞いてみなければ。

そう思って周囲を見回すと、ちょうど少し遠くに一匹飛んでいた。

急いで駆け寄って声をかけると、スズメバチは話に応じてくれる。

「ええと。ミツバチたちが怒っておりまして……スズメバチの皆様が、クマを養蜂場に追いやったと」

『違う！　クマが近くにいたから、俺たちは村を守るために襲っただけだ！　そしたらクマは養蜂場の方向に逃げて行って、それをミツバチたちは俺たちが追いやったと勘違いしたんだ！』

「なるほど……」

『俺たちが養蜂場を襲う意味がない！　ハチミツは襲わなくても配給されるし、肉ならもっと美味い物が獲れるんだから！　それこそクマの肉のがいいと知った！』

どうやらスズメバチとミツバチの争いは、不幸な行き違いのようだ。

スズメバチは図体が小さいので、クマの進撃を簡単には止められないだろうし。

なんだろう。殺人犯が周囲をうろついているのを、警察が捕らえないからと言うようなものだろうか。

本来悪いのは殺人犯のはずなのに、捕まえられない警察へとヘイトが向いてしまっている。

だが悪いのはクマなのだ。かくなる上は……。

「分かりました。ではミツバチたちには、クマが諸悪の根源と伝えておきます。スズメバチの皆様も、ミツバチのことは怒らないであげてください。彼らも必死なんです」

クマに全責任を押し付けてしまおう。クマさえ出なければなにも問題はないのだから。

そりゃスズメバチは護衛だから、クマを抑えるのが仕事ではある。でも仕事だからとすべてを完璧にするのは難しいからな。

なのでヘイトはクマに受けてもらう！　悪いのは攻めてくる奴だと！

『いいだろう。ミツバチの気持ちも分かるからな。俺らも巣に危険が迫ってきたら気が昂るし。怒りが俺たちに向けられるのさえなければ気にしない』

「ありがとうございます！」

そうして俺は急いで養蜂場へ戻り、今度はミツバチたちに対して、説得をし始めた。

「スズメバチたちは、近くにいるクマを倒そうとしただけです。スズメバチも命を賭けて戦ってくれていたんです！　運悪くクマが少し養蜂場に近づいてしまいましたが、それはクマが悪いのです！　奴が攻めてくるからであって！」

ミツバチたちはブンブンと飛び回ったあと、

『な、なるほど。確かにそうかもな……』

『スズメバチだってクマ相手は厳しいよな。あの時のあいつら、必死に戦ってた気も……』

「そもそもです。養蜂場を守るのは本来私の役目。スズメバチたちではなく、己の不徳を恥じるところです。どうか責めるなら私に」

俺は頭を下げて謝罪する。実際、警備の責任者は俺だからな……留守だったとしてもだ。

『……あくまで養蜂場に少し近づかれただけで、巣が襲われたわけじゃないからな』

『俺たちも少し熱くなりすぎていたよ。そもそも怒るべきは本来クマだしな』

『今後も頼むぜ』

ミツバチたちは許してくれたようで、8の字を描いて飛び始めた。

「ありがとうございます！　警備をさらに厳重にいたしますので！　ひとまずとしてしばらく私は村の近くから離れません」

対応策も述べてミツバチたちから納得してもらえた。

ひとまずこの件は落ち着いたとみなして、養蜂場から離れて吸血鬼血下大迷宮へ戻る道を歩く。

「ミツバチとスズメバチはなんとかなったが、村人と吸血鬼の関係修復はどうするかなぁ……」

「ねえ。確かにそちらも重要だけど、吸血鬼狩りの軍のことはいいの？」

アリエスが心配そうに聞いてくるが、正直俺としてはそこまで重要視していない。

「ぶっちゃけ吸血鬼狩りが大勢来たとしても、俺だけで勝てると思ってるが、間違ってるか？」

　正直、慢心と思われても仕方ないセリフだろう。

　だが本心から俺は負けるとは思っていない。なにせ俺は弱点のない吸血鬼、無敵の体を持つようなものだ。

　それにアリエスは吸血鬼狩りの中でも上位の強さだ。彼女自身が「吸血鬼狩りギルドでトップだった」と言っていた。

　逆に言えばほとんどの吸血鬼狩りはアリエスより弱い。なら俺が負ける要素はそうそうないはずだ。

　もちろん俺でも厳しい相手が、この世界に存在する可能性はある。だがそこらの吸血鬼狩りに負けるとは思えない。

　自惚れはよくないにしても、敵の力を必要以上に強く見るのもまたダメだ。

「……待ちなさい。確かに貴方は相当強いから、そこらの吸血鬼狩りには負けないでしょう。でもそこらの吸血鬼狩りじゃない相手としたら？」

　アリエスは真剣な声音だ。そこらの吸血鬼狩りじゃない相手となると……。

「血塗れの聖人とやらがビラに書かれてたが、そいつか？」

　聖人のくせに血塗れってなんだよ、という感じだが。

「そうよ、そいつの名はロディア。元傭兵として戦場で大暴れしていた猛者が、あとに聖魔法に目覚めたの。私よりも聖魔法の力は弱いけど、剣技なんかは遥(はる)かに強いわ」

アリエスは血塗れの聖人、ロディアのことを語ってくる。

確かになんか強そうなのは分かる。問題はアリエスより強い剣技に、幅があり過ぎて予想がつかないことだが。

「ただ？」

「ロディアは私とは違って、聖魔法が弱くても剣技で補ってきた奴なの。ただ……」

アリエスはゲームで言うなら完全に魔法使いタイプなのに、なぜか戦士装備している謎キャラみたいなものだし……いや銀鎧(よろい)や銀剣持ってる理由は分かるんだけど。

「……そいつは最近、聖剣を渡されたと聞いてるわ」

アリエスの話を聞いて少し引っかかるところがある。

最近、聖剣を渡された？　シルバリオンがそんな話をしていたよな。

「確かシルバリオン殿が、新しく聖剣を打ったと言っていたが」

「本当？　それなら関係者じゃない！　聖剣なんてそうそう生まれるものじゃないわよ！」

「シルバリオン殿、どうなんですか？」

するとシルバリオンは腕を組んで小さく息を吐いた。

「改めてと言っても、じつはだいたいのことはもう話していてな。ワシは聖剣を打ったんじゃよ。そうすると吸血鬼狩りギルドが高値で買い付けてくれてな。そこまではよかったんじゃ」

「流石に吸血鬼狩りギルドも力ずくで奪うことはないのか」

「さ、流石にしないわよ、たぶん……」

むしろしても違和感ないけど黙っておこう。

さらにシルバリオンは話を続けていく。

「じゃがそのあとじゃった。店に変な聖職者が訪ねてきてのう。聞いてきたんじゃよ、『今後にあの聖剣以上の剣を打つ気はありますか？』と。それでワシは『もう無理』と言ったんじゃ」

「なんでだ？」

変な聖職者というのが少し引っかかりつつも、まずはシルバリオンの話の疑問点を尋ねる。

一度打てたのならば、また打てる可能性もある気がするんだが。

だがシルバリオンは力なく首を横に振った。

「……あれはワシの生涯の最高傑作。まるで神がワシに微笑んだかのように、すべてが奇跡的に上手くいった結果じゃ。完成品を見た時な、ワシはこの剣を打つために生まれてきたと思ったくらいじゃ。ワシの心が認めているのじゃ、あの剣はもう超えられぬと」

シルバリオンは少し寂しそうに呟いた。

鍛冶師にそこまで言わせるとは、その聖剣は相当凄い剣なのだろう。

「そうしたらその聖職者はな、なんとワシに襲いかかってきたんじゃ」

「なんで？」

「分からん。『我が剣を伝説にするため死んでいただく』と言っておったが」

「……あれか？　打ち手が完成させてすぐに死ぬことで、その聖剣に箔をつけたかったとか？」

職人が命を削って打った剣なら、なんか凄そうな雰囲気が出る感じだろうか。

仮にそんな伝説を持つ剣になったとして、やはり邪剣の類いな気はするが……。

「そうかもしれん。とにかくワシは殺されかけて逃げただけで、その剣の使い手はほぼ知らんのじゃ。吸血鬼狩りギルドが買い取って、そいつに渡したらしいと聞いただけじゃ。ワシを襲った時には聖剣をつけておらんかったし」

……話を聞いた意味はあったな。そのロディアという奴の人柄が知れた。

「ありがとうシルバリオン殿。おかげでそのロディアと言う奴がヤバイのが分かったよ」

「力になれたならなによりじゃよ。しかしなぁ……せっかく打った聖剣が、そんな悪人の手に渡ったのは残念じゃ……」

心底落ち込んでいるシルバリオン。

人生の総決算みたいな作品が、悪い奴に渡されたら悲しいよなぁ……。

しかし聖剣を聖職者が持ってるねぇ…………。

「なあアリエス。俺さ、この話とサフィのトラウマに共通点がある気がするんだが」

「ロディアがサフィさんを襲った可能性はあるかもしれないわね。確認したいところだけど……」

アリエスは顔を曇らせる。

サフィは先ほど、トラウマで神父服を着た吸血鬼狩りの名前が言えなかったくらい怯(おび)えている。

そんな少女に対して、『サフィを襲った相手の名はロディアか？』なんてのは聞きづらい。

「でも同一人物かどうかは知っておきたいよな……もし同じならサフィと吸血鬼狩り軍を率いてくる奴が繋(つな)がる。それならちょっと考えてることができそうでな」

いまのドラクル村のトラブルの主犯が来てくれるなら、俺としてもちょっとした策がある。

「とりあえずサフィさんのもとへ行ってみましょう」

こうして俺たちはまた吸血鬼血下大迷宮へと向かった。

そして中に入ると吸血鬼たちがワイワイと集まっている。

「おのれ人間め！　サフィをイジメて！」

「絶対に許さん！　人間許すまじ！」

吸血鬼たちは落ち着くどころかさらにヒートアップしている……このままだと本当に村が割れかねないぞ。

そんな彼らの集まる輪の中央には、またサフィが困った顔で立たされている。

なんだろう、サフィが吸血鬼サークルの姫に見えてきた……。

吸血鬼たちをかきわけて、サフィのそばまで寄ると。

「サフィ、ちょっと尋ねたいことがある」

「は、はい。なんでしょうか……」

サフィはおっかなびっくりとした態で、俺の質問を待っている。

聞きづらい……いやでも聞かないと……！　ここでドラクル村に軍を率いてくる人物が、サフィを襲った吸血鬼狩りと同一であるかを確認できれば！

よしここは落ち着いて、なるべくサフィの心にダメージが入らないように回りくどく……。

「えっとだな。じつはサフィを襲った吸血鬼狩りの件で、ほんの少しだけ話が……」

「サフィを襲った吸血鬼狩りの名はロディア？」

そんな俺が変化球気味に聞こうとしたら、イーリがど真ん中直球を放ってしまった!?

「ひっ……い、いやっ……いやぁぁぁ!?」

イーリのあまりに率直な質問を聞いた瞬間、サフィは悲鳴をあげてバタリと倒れる……。

「サフィ!?　しっかりしろ！」

急いで駆け寄ってサフィを抱えると、かなり不快そうな顔でうなされている。

「イーリ！　なにやってるんだ！」

「だって聞く必要があるんでしょ。吸血鬼は丈夫だし再生する」

「それは外傷であって内傷は関係ないと思うが!?　聞き方ってものがあるだろ！」

イーリのことを叱(しか)っているが、彼女のことをあまり悪く言えないところもある。

……ぶっちゃけどう聞いたところで、たぶんサフィを傷つける結果になっていたからだ。

なのでイーリのやったことは間違ってはいない。でも聞き方が雑だったので、注意はしておくけども。

「サフィー!?　大丈夫かー!?　サフィー!?」

「おのれ眼帯少女め！　触れてはダメなことがあるだろうが！」

「落ち着け、皆の衆！　とりあえずサフィを安静にするのだ！」

周りの吸血鬼たちが騒いでいるのを、ベリルーがなだめている。

本当にベリルーは気が回るな。なんでコウモリ頭なんだそれで。

「……とりあえずサフィは棺桶に入れよう」

俺は気絶したサフィを抱きかかえると、彼女を棺桶に入れてフタを閉じた。

「サフィ……可哀(かわい)そうに……」

「うぅ……」

吸血鬼たちはそんな様子を見て悲しんでいる。

まるで葬式会場のようだが、別にサフィは死んではいない。ただベッドで寝かせたのと同じだ。

「リュウト。どうしますの？　このままだと吸血鬼たちは、村人に怒りかねませんわよ？」

ミナリーナが寄ってきて小声で話してくる。

いまのサフィが気絶したのだって、元々は人間に酷いことをされたからだ。

このまま放置していたら吸血鬼たちは、さらに人間への怒りを募らせるだろう。

だが不幸中の幸いなことがある。サフィを襲った吸血鬼狩りと、村を攻めてくる奴が同じなことだ。

俺はアリエスに視線を向ける。

彼女はこれまで故郷を滅ぼされた怒りを、吸血鬼に対してぶつけてきた。

だが彼女はもう吸血鬼に八つ当たりなどはしていない。それができている理由は、恨みを向ける先が絞られたのが大きい。

元々は吸血鬼すべてに激怒していたアリエスだが、いまは仇(かたき)であるサイディールだけに狙いを絞っている。

俺の策とはすごく簡単だ。

アリエスと同じように、吸血鬼たちや村人にも敵を仕向ければいい。

「……大丈夫だ、俺に策がある。アリエス、明日の夜、村人を全員広場に集めてほしい！

吸血鬼たちもだ！　ミナリーナはミツバチとスズメバチを！」

「そんなことしたら暴動が起きかねないわよ!?　吸血鬼たちが村人を襲ってしまったら
……」

「大丈夫だ！　そんなときのために、俺とお前がいるんだろ！　集める前に派手に聖魔法を見せておくんだ！」

これは脅しではない！　暴動を止めるために、軍隊が銃を構えて警備するのと一緒だ！

店の万引き防止に警官に来てもらうとかそんな感じ！

「というかハチたちいるの？」

「絶対にいる！　明日の夜に村の関係者全員集めてくれ！　俺はサフィが目覚めたら、とある交渉をする！」

サフィに少し鞭打つことになるかもしれない。だがドラクル村を存続させるためには、どうしても彼女の協力が必要だ。

なんとしても拝み倒すしかない……！

そうして翌日の夜。村の広場では、吸血鬼たちと村人が全員集まっていた。

村人たちは松明を持っているが、やはり暗くて見えづらいようで目を細めたりしている。

「人間め……サフィを泣かせて！」

「吸い殺してやろうか！」

吸血鬼たちは怒り心頭と人に牙を剝き、威嚇するように叫ぶ。

「な、なんであんなに吸血鬼たちは怒ってるんだよ……！」

「意味分からねぇ！　村長はいったい何を考えて……」

対して村人たちは怯えながら、助けを求めるように俺やアリエスのほうを見ている。

一触即発の状況だが大丈夫だ。吸血鬼たちは俺の聖魔法に恐怖を覚えているので、すぐに襲い掛かることはない。

「ぶーんぶーん」

ミツバチやスズメバチたちも、少し離れたところで群れになって空中に漂っている。

正直ちょっと怖ぃ。

「…………」

そしてサフィも回復してこの場に立っていた。

これで人、吸血鬼、ハチと村の関係者が全員揃った。

「みんな聞いてほしいい！　いまの村の空気が少し微妙なことは、みんなも把握していると思う！」

この場にいる全員に聞こえるように声を張り上げる。

さてここからだ……少しばかり緊張して息が荒くなっている。弱点がない吸血鬼でもやはり緊張はするのだ。

そもそも大勢の前で演説もどきをするのがすでにしんどい。その上で成功するか分からないことを行うのだから……。

「現在起きているトラブルがいくつかあるのは知っているだろう！　そのせいで人と吸血鬼の仲が悪くなっている！」

だが弱音を吐いている余裕はない。ここで失敗すれば吸血鬼と人間、どちらかが出て行ってしまうだろう。

そうなればドラクル村はもう崩壊する。ここまで頑張って、そんなの嫌だ！

だからこそ、こうするしかない！

「だが……このトラブルのすべては！　吸血鬼狩りギルドが仕向けたものだったんだ!!」

「「「「!?」」」」

村人も吸血鬼もハチも、全員が驚いて俺に視線を向ける。

ドラクル村を崩壊させないための策……それは『吸血鬼狩りギルドこそ諸悪の根源』作戦だ！

「奴らは俺たちを目の仇にしている！　このドラクル村を崩壊させるために、仲たがいのために卑劣な策を仕掛けているんだ！」

「え、えっと。待ってくれ。じゃあなにか？　サフィが吸血鬼狩りに酷い目に遭わされたのは、この村を崩壊させるためだってのか⁉」

「そうだ！」

「この村にやってくるはずの物資が遅れているのも⁉」

「そうだ!!!」

『養蜂場がクマに襲われかけたのも⁉』

「そうだ!!!!」

「いや最後は無理があるでしょ……」

アリエスのツッコミはスルーすることにした。

……吸血鬼たちって案外ピュアだと思う。俺は最初、サフィが吸血鬼狩りギルドの間者かと疑った。

奴らは吸血鬼を配下にしてるので、サフィをこの村のクラッシャーとして送ったのではないかと。

だが彼女の様子を見て考えを改めた。さすがにあれは演技では無理だ。

「そうだ！　考えてもみろ！　なんで弱っているサフィが、この村まで逃げてこられたんだ！　吸血鬼狩りがわざと逃がしたんだよ！　彼女を利用するために！」

サフィが逃げられた実際の理由は知らない。だが別に真実である必要はないのだ。信憑性のあるそれっぽい理由を言うだけでいい！　俺がやるべきは真実の公表ではなく、この村の皆がまとまるための話をすることだ！

「分かるか!?　吸血鬼狩りたちはな！　吸血鬼たちを勘違いさせようとしたんだ！　吸血鬼狩りが人間であることを利用して、ドラクル村の関係を裂こうとした！　そのためにサフィを酷い目に遭わせたんだ！」

「な、なんて奴らだ！　にんげ……いや吸血鬼狩りめ！」

「よくもサフィを！」

吸血鬼たちは激高して吠えまくる。

よし、これで吸血鬼たちのヘイトは吸血鬼狩りに移行した！

「ど、どういうことなんだ？」

「わ、分からん……」

そして次は村人たちだ！　彼らに吸血鬼たちが怒っていたことを理解させる必要がある！

人間は理不尽な怒りこそ不快だが、相手が怒っている理由が共感できることなら案外温情を持つのだ！

「村人たち！　お前たちに聞いてほしいことがある！　いまから話す理由で吸血鬼たちは憤っていたんだ！　サフィ、頼む！」

俺の指示に従って、ビクビクしながらサフィが出てくる。

「……すまない。だが頼むぞサフィ」

「は、はい。私も、自分が来たせいで村がなくなるのはイヤです……お願いします……」

俺はサフィの目を見つめて、催眠をかけた。

サフィはトラウマで過去の話をするのが苦痛だ。だが催眠にかかった状態ならば、きっと話をすることができる。

……正直非人道的だとは思う。だがどうしてもサフィの口から、すべてを話してもらう必要があった。

被害者本人の話だからこそ、伝わる気持ちというのはあるものだ。

「私はつい最近まで、普通の人間でした……」

サフィは俺の催眠によってトラウマが一時的に緩和され、たどたどしく話を始めた。


「サフィ、貴女（あなた）に求婚のお手紙がいっぱい来てるわよ」

三カ月前。屋敷の食堂で毎朝の日課だった家族でのお食事。

お母様とお父様と同じ食卓で朝食を食べていた。

「求婚ですか……サフィはまだあまり気乗りが……」

私は当時、吸血鬼ではなく人間だった。

貴族の娘として生まれて、幸せに暮らしていたと思う。

毎食美味しいモノを食べられていた、欲しいものがあれば買ってもらえた。

「ははは、急がなくてもいいさ。サフィは可愛いからね、いい人が見つかるまで粘ろうじゃないか。我が国の王子とか……いや他国の王でもいいな」

「貴方、高望みしすぎですよ。サフィ、今日は礼儀作法のお勉強ですからね」

お父様とお母様は優しい。たまに優しすぎるのではと思うところもあるが大好きだ。

「はい、分かりました」

なんとなく、この楽しい暮らしはずっと続くと思っていた。

そんなある日、私は王城で開かれる舞踏会に参加した。

「ククク、そこの美しいお人。貴女のお名前を教えていただけますか？」

知らない殿方が私に話しかけてくる。舞踏会なら見慣れた光景、だけど私はなにかこの人にイヤな予感がした。

「え、えっと。サフィ・ベリアと申します」

「ほほう、よい名前ですね。私はロディアと申します。どうかダンスを踊っていただけますか？」

「え、えっと。先約がありまして……」

ロディアという人の差し出された手を避け、少しずつ距離を取る。

何故（なぜ）か分からないけど、この人に嫌悪感が……こんなの初めて。

「おやおや残念です。じつは私は吸血鬼狩りギルドの重鎮でしてね。最近、この国では吸血鬼が跋扈（ばっこ）しているようです。貴女も狙われているようでして。ククク……」

不気味な笑い声をあげるロディアさん。

「ね、狙われてる……？」

「はい。ですので私が、貴女の護衛をしてあげましょう」

「け、結構です！」

こういう変な人も稀（まれ）にいる。いきなり人を脅して、弱みにつけ込もうとする殿方。

こんな人とお近づきになってはいけないと、お父様やお母様から強く言われていた。

「ククク、警告はしましたよ？」

そう言い残してロディアさんは去っていく。なんだろう、本当に不気味な人……。

「サフィ、どうしたんだい？」

そんなことを考えていると、お父様が話しかけてきた。

「いえ。ちょっと変な人に話しかけられて……ロディアという方に」

「……大丈夫だったかい？　そいつは吸血鬼狩りギルドで、『血塗れの聖人』という二つ名で有名なんだ」

「ち、血塗れの聖人？」

おおよそ聖人につく冠言葉ではない。あまりにもかみ合わせが悪すぎる。

「あの者は元々凄腕の傭兵で、人を大勢殺してきたらしい。そのあとに吸血鬼狩りになったはいいが、かなり好き放題しているらしいんだ。だから血塗れ」

……あの人になにかイヤな感じがしたけど、どうやら間違ってはなかったらしい。

「そ、その。じつはその人に、サフィは吸血鬼に狙われているって言われまして……」

吸血鬼狩りギルドの重鎮が本当なら、もしかして私は本当に狙われて……。

「そんなわけないさ。あの者はかなりの問題児で有名だ。サフィを脅して怖がらせたんだよ。ギルドの使者でやってきただけだから貴族でもないし、もう会うことはないだろう。忘れなさい」

「は、はい……」

そうして舞踏会を終えて、私は屋敷へと戻った。

その日の晩のことだった。寝室のベッドで眠っていたら、急にガシャリと甲高い音が聞こえた。

「な、なに……!?」

思わず目を開く。ロウソクの火が部屋を照らしているので、薄暗いが周囲は見える。

窓ガラスが割れていて、部屋の中に黒いタキシードを着た人が立っていた。

「こんばんは。今宵はいい夜ですね」

男の人はニヤリと笑った。鋭い犬歯がきらりと光る。

………この人、人じゃない！　きゅ、吸血鬼!?

「ひ、ひっ……な、なんですか!?」

ベッドから立ち上がれず、手で体を動かして後ずさる。

「ふふふ。確かに美味しそうな血だ」

吸血鬼は私を追い詰めるように、笑いながらゆっくりと近づいて来る。

「さて、ここではゆっくりと食事もできない」

そう言われた瞬間から私の記憶はない。

次に気が付くと、そこは薄暗い牢屋の中だった。

「おや。お目覚めになりましたか」

目の前にいたのはロディアさんだった。

「ひっ……」

思わず逃げようとするが体が動かない。

見ると私は十字架に両手足をロープでくくられていて、磔にされていた。

「ふふふ。怯えた様子もまた美しい……！　さてサフィ、貴女は吸血鬼に襲われましたね？

私が警告したというのに、助けを求めていれば！」

ロディアさんは手鏡で私の顔を映す。その口元には、鋭い犬歯が生えていた。

……え？　なんで、私にさっきの人みたいな歯が？

そんなのまるで……い、いやそんなはずはない。私は……。

「おめでとうございます！　貴女は吸血鬼になったのです！」

必死に誤魔化そうとした言葉を、ロディアさんはこれ見よがしに叫ぶ。

「な、なってないです……！　さ、サフィは吸血鬼なんかじゃ……」

よく見れば肌も普段鏡で見るよりも白くなっている……でも認めるわけにはいかない。

私は人間で、ベリア家の令嬢で……！　吸血鬼なんかじゃない！

「いやはや、私の申し出を断るからこんなことになるのです。せっかく吸血鬼に狙われているとお教え差し上げたのに……そのせいで吸血鬼の仲間入り！」

ロディアさんはニコニコと笑いながら告げてくる。

……私は、助けてくれようとした人を、拒否してしまった……？

「まあ襲うように指示したのも私なんですけどね」

「えっ……？」

「吸血鬼狩りとはいえど、吸血鬼に狙われてるかなんて分かりませんよ。知り合いの吸血鬼に頼んで、貴女を攫うように命じたのです」

「そ、そんな冗談を……」

わけが分からない。

ただでさえ状況が理解できていないのに、吸血鬼狩りが吸血鬼に命じた？

「別に分かっていただく必要はないのですよ。ではそろそろ始めましょうか」

ロディアさんはそう告げると、手に持っていた鞭を地面に叩きつけた。

「ひっ……!?」

「おお、素晴らしい悲鳴だ……！　やはり美しい！　そんな女性が恐怖に歪(ゆが)むのは、いつ見ても心にきますねぇ！　では一発目！」

ロディアさんの鞭が私の体に迫ってきて……!?

「あああぁぁぁぁあっぁ!?」

痛い!?　痛い!?　痛い!?　お腹(なか)が焼けるように痛い!?

「す、素晴らしい……サフィ、貴女はどんな楽器よりも素晴らしい音を出しています、よっ！」

「いやあああぁぁぁぁ!?　お願い、許して!?」

さらに私の体中に、鞭が叩きつけられる。

そのたびに味わったことのない激痛が、私を襲っていく。

「お、お願いです……やめて、やめてください……。許して……死んじゃう……」

「ははは。貴女は吸血鬼ですよ？　こんな程度で死にはしませんよ。ほらご覧なさい、すでに傷が再生し始めている」

ロディアさんの言う通りだった。私の体にできた傷は、すでにじゅわじゅわと音を立てて治り始めている。

その再生が余計に私を絶望させた。私は……怪物になってしまったんだ。

「ひっく……なんで、なんでこんなことするんですか……」

「私は吸血鬼狩りですよ？　吸血鬼を狩るのが私の義務ですからねぇ」

ロディアさんは下卑た笑みを浮かべながら、私の肢体を舐めるように見てくる。

怖い、怖い、怖い!?

「お父様！　お母様！　助けて！」

「ははは。もう貴女のお父様もお母様も、助けてはくれないですよ？　貴女は吸血鬼なのですから。ああ、私は正義の執行をせねばなりません！」

「いやああああぁぁぁぁぁ!!」

ロディアさんは私を何度も、何度も、何度も鞭で打ち据えました。

本当に痛くて苦しかった。でもそれは、ただの始まりでしかなかった。

私は捕らえられて、それから様々な拷問をされました。

「ふふふ。今日は火で炙ろうと思うのですが、ミディアムとレアのどちらかお好みですか？」

「ゆ、許して……」

「ははは。私は神の代行者です。心苦しいですが、神が許さぬ吸血鬼は見逃せません、ねっ！」

「いやあああああぁぁぁぁぁぁ!?　あつい、熱いぃ!?」

とある日は火炙りにされ、

「おなか、すいた……」

「おっとそれはいけない。ここに血がありますので飲ませて差し上げましょう」

ロディアさんは、血の入ったコップを私の口元につけてくる。

……いい匂いがした。これを飲めば吸血鬼と認めてしまうことになるのに、空腹には抗えなくて……私はそのままコクコクと飲んでしまう。

「ふふふ、いい飲みっぷりですねぇ。ですがその血、実は……聖水を混ぜておりまして！」

そう言われた瞬間だった。口が、そして喉が焼けるように熱くなって!?

「〜〜〜〜〜〜!?」

声にならない悲鳴をあげてしまう。

「さあもっとお飲みなさい。飢え死にしてしまいますよ？」

「～～～～～!?」

ロディアさんに無理やり聖水入りの血を飲まされて、

「今日は銀鞭を用意したのですよ。ご安心ください、新品ですよ？」

「イヤアアアアァァァァ!?!?!?」

銀の鞭で叩かれ、他にもひどい目に遭わされて、

「あ……ゆる、して……」

「おや？　壊れてしまいましたか？　弱りましたね、もう少し長持ちすると思ったのですが。これではあまり人間と変わりませんねぇ……仕方ありません。死ぬ前に綺麗にして、遊ばせていただくとしましょう」

ロディアさんはそう言い残して、部屋から出て行きました。

また酷いことをするのでしょう。もう死にたい……。

「こんにちは。かなりひどい目にあっているようですね？」

誰もいないはずの部屋なのに声がしました。幻聴かと思ったら、いきなり綺麗な女の子が現れたのです。

「だ、れ……？」

「私が誰かはどうでもいいでしょう。それより助けてあげます」

女の子は私が磔にされている十字架を、素手でメキリとへし折っていきました。

そして私を繋いでいたロープすらも引きちぎってくれました。

「あ、ありがとう、ございます……」

「早く逃げましょう。こっちですよ」

女の子が近くの壁を蹴ると壁は大穴を空けて崩れた。

私たちはその穴から外へと抜けだす。外は夜で真っ暗なはずなのに、周囲は昼のように
すべてが綺麗に見えた。

女の子についていくように走ると、信じられないほど速く足が動く。

でも…………。

「あ、あのサフィは……どこに逃げれば……」

いまの私に逃げる場所なんてない。

血を吸い、体を再生させて、人並み外れた力を持つ吸血鬼だ。

こんな状態じゃ家に戻れない……すると女の子は足を止めて振り向き、ニッコリと笑い
かけてきました。

「そうですね。ではこの街から北に一日ほどで、吸血鬼と人間が一緒に暮らす村がありま
す。そこに逃げ込むことをお勧めします」

待ってましたと言わんばかりに、女の子はスラスラと答えてくれました。

「吸血鬼と人間が一緒に暮らす村……」

「はい。そこでしばらく暮らして、絶望したら私を呼んでください。この手紙に私の名前を書けば、魔法で私のもとまで届くようにしていますので」

女の子は私に一枚の紙きれを渡してきました。おそらく魔法のかかった紙なのでしょう。なんて親切な人、いや吸血鬼の方なんでしょうか。

助けてもらった上に、そのあとのことまで教えてくれるなんて。

「あ、ありがとうございます。なにからなにまで……本来ならなにかお返ししたいのですが、持ち合わせが……」

「いえいえ、お気になさらず。私も利があって助けることですから。いつかお友達になれる日が来るのを願っていますよ」

いつかお友達に？　どういうことだろう？

「あの、私はサフィと申します。貴女のお名前は？」

女の子はツインテールを揺らしながら小さく笑うと。

「私ですか？　私は、サイディールと申します」

「ま、待って!?　サイディール!?　サフィ、いま貴女サイディールって言ったわよね!?」

俺たちがサフィの話に聞き入っていると、その話を遮るようにアリエスが詰め寄った。

そしてサフィの肩を両手で摑んでガクガクと揺らしてしまう。

「え、え、あ、あの……」

目を回しながらたじろぐサフィ。おそらくいまので催眠が解けてしまったな……。

とはいえアリエスの行動を責める気にもなれない。サイディール、それはアリエスの仇の名前だ。

「なんでサイディールが貴女を助けて、しかもこの村に逃げるようにしたの!?」

「わ、分かりません……あ、あの、サイディールさんは恩人の方なのですが何か……？」

「さんづけしないで！　あいつは私の故郷の仇よ！」

「ええっ!?」

アリエスに問い詰められて、サフィは萎縮してしまっている。

周囲の村人たちに目を向けると、彼らは感想を話し合っていた。

「酷い話だな……サフィちゃんが可哀そうだ」

「人間だったのに、吸血鬼にされて拷問なんて……」

「吸血鬼狩りめ、なんてやつらだ……！」

……サイディールという予想外こそあったが、村人たちはサフィに同情している！

よし、これならいける！

「全員聞いてほしい！　サフィは吸血鬼狩りによって、拷問のために吸血鬼にされてしまったんだ！　これは人間と吸血鬼の双方を馬鹿にした、あまりにもふざけた行為だ！」

俺の叫びを全員が真剣に聞いてくれている。

ここで注意すべきは、吸血鬼になること自体が悪だと言わないことだ。

吸血鬼にされたことではなく、拷問するために吸血鬼にされたことに不快さを示す。

そうでなければ吸血鬼たちは、あまり気分がよくないからな。

「吸血鬼狩りギルドの策略のせいで、吸血鬼と村人の仲が悪くなりかけ！　物資を運んでくる馬車は襲われ！　養蜂場が奴らの使役したクマに狙われた！　そして奴らはとうとう、この村に攻め込んでくる！」

「「「……！」」」

村人も吸血鬼も一斉に息をのむ。

いける！　場の空気は完全に、吸血鬼狩りギルド憎しに変わった！

ここでトドメだ！　村の怒りやヘイトをすべて……吸血鬼狩りギルドに叩きつける！

「いいか！　吸血鬼狩りギルドが諸悪の根源！　俺達の敵だ！　奴らを前にして仲たがいしては思うつぼだ！　サフィのためにも一致団結して、吸血鬼狩りギルドを追い払うんだ！　奴らの狙いはもはや吸血鬼だけではない！　人間も狩りの対象なんだ！　俺達は……仲間だ！」

「「「おおおおおぉぉぉぉぉ！！！！」」」

村人も吸血鬼も一斉に叫び出した。

「「ぶーん!!!!」」

ハチたちも羽音を大きく鳴らして盛り上がっている。

……これは成功だろ！　村のトラブルの責任は、すべて吸血鬼狩りギルドに押し付けられた！

災い転じて福となす！　雨降って地固まる！　危機を利用して、村人と吸血鬼を協力させられそうだ！

「これから俺は作戦を練り、吸血鬼狩りギルド……いや敵を撃退する策を考える！　村人も吸血鬼たちもよろしく頼む！　一緒に村を守ろう！」

「「「おおおおおお！！！！」」」

こうして広場の集会は終わった。

吸血鬼も人間も喧嘩をやめて、目の前の敵を協力して戦う方向へと持っていくことができたのだ！

吸血鬼狩りギルドがやり過ぎたのが逆に助け船になった。奴らが人を吸血鬼にして拷問なんて悪業をやっていたから、諸悪の根源にできたのだ。

いや元から吸血鬼を使っているのは知っていたが、まさかここまで非人道的なことをや

ると は思わなかった。

もう吸血鬼狩りギルドという名前も相応しくないだろ。悪逆非道ギルドにでも名称変更しろ。

そんなことを考えているとイーリがとてとてと走ってきた。

「リュウト、やったね。これで村の問題も解決」

「いや、まだだ。むしろここからが問題だ。襲ってくる吸血鬼狩りギルドをうまく撃退しないと」

「リュウトが無双して倒せばいいんじゃないの？」

俺は首を横に振った。

確かにイーリの言う通り、俺が吸血鬼狩りギルドに無双すればおそらく勝つのはたやすい。

だがそれではダメだ。

「吸血鬼と人間の距離が縮まったわけじゃない。ひとまず共通の敵に対して手を組むというだけだ。このままあっさり吸血鬼狩りギルドを撃退しても、また何かしらでトラブルが起きる。そのときはもう解決策がない」

「確かに今回は無理やり吸血鬼狩りギルドに押し付けられましたが、それは向こうが攻めてきてくれたのが大きいですわね。敵になってくれたというか」

「そうだ。だから今回の戦いを利用して、村人と吸血鬼の関係をよくする。吸血鬼が必死になって吸血鬼狩りを撃退するのを見れば、人間たちも少しは見直すだろうさ」

本来なら吸血鬼たちはこの村のボディーガード役で、普通の敵なら特に苦もなく撃退できてしまう。

弱点を突かれない吸血鬼は無敵みたいなものだからな。仮にドラゴンがこの村を襲ってきても、余裕で倒してしまうだろう。

吸血鬼たちが鼻歌混じりに襲撃者を倒しても、村人たちはそこまで感謝もしない。

だが吸血鬼狩り相手ならば、吸血鬼は間違いなく苦戦する。

それでも必死に頑張って村を守ることで、吸血鬼たちは村人に認められるのだ。人間は頑張っている者を評価する生き物だし。

それが村に嫌がらせをしてきた奴らとなれば、倒した時の喜びもひとしおだろう。

「他にも好都合なことはあるぞ。だがいまの彼らは吸血鬼狩りと戦えと言っても、吸血鬼たちが逃げる可能性もあった。普通に吸血鬼狩りにキレているからな」

「サフィの件が、結果的にこの村に都合よく働いたってことね……」

アリエスの言葉にわずかにうなずく。

正直サフィには申し訳ないが、こうなったからには利用させてもらう。

もちろん利用するだけならロディアと変わらないので、俺が責任を持ってサフィを守るつもりだ。

「今回の襲撃を撃退することで、この村のトラブル関係をある程度なくしたい。なので吸血鬼たちに活躍させて、勝利することが条件だ」

吸血鬼たちが適度に苦戦しつつ、吸血鬼狩りを排除する。

それが俺の描く理想的な勝ち方だ。それを人間たちに見てもらい、吸血鬼たちがこの村の守護者であることを覚えてもらう。

「すまない。その勝利条件に、ひとつ加えてもらえないか？」

そんな中でベリルーが、相変わらずのコウモリ頭で寄ってきた。

「加える？　なにをだ？」

「今回の襲撃でロディアが、サフィのトラウマがやってくるのだろう？　サフィにロディアを倒させることで、そのトラウマを払拭させてほしい」

「いや無理だろ」

あまりに無理な要求に思わず即答してしまった。

「さすがに無理だと思いますわよ？　名前を聞いただけで気絶するような相手では、戦いにもなりませんわ」

ミナリーナの意見はもっともだ。

サフィはロディアの名前を聞いただけで気絶するし、まともな状態では話せもしない。

そんな相手と戦わせるなんて無謀極まりない。

「無理して戦わせなくてもいいんじゃないかしら？　サフィさんのことを考えると……」

アリエスも心配そうに告げてくる。

俺も彼女と完全に同意見だ。いくらなんでも鬼畜に過ぎるだろう。

ベリルーも自分の言っていることは理解しているようで、小さくため息をつきながら、

「……分かっている。だがサフィはどうしても、このトラウマを乗り越えなければならないのだ」

「いつかは乗り越えるべきだが、別にすぐでなくても……」

トラウマとはゆっくりと解決していくものだろう。

吸血鬼なら外傷はすぐに癒えるが、内傷はそうではない。

「ダメだ。いますぐに、ロディアというトラウマを乗り越えさせなければサフィは……死にかねない」

「「!?」」

いきなりすぎる警告に、俺たちは全員が驚いてしまう。

「ど、どういうことだ？　なんでサフィが死ぬんだ？　吸血鬼だぞ？　吸血鬼は人間より遥かに丈夫だ。病気なんかにもならないし、弱点以外では死ぬ要素は……あっ」

そうだ、ある。吸血鬼が弱点以外で死ぬ理由が。

そしてサフィはおそらくそれを満たしている。

「気づいたか。おそらくお前の想像通りだろう」

「リュウト？　サフィが死ぬ理由なんてあるの？　再生までできるのに？」

イーリが俺の服のすそを引っ張りながら聞いてくる。

……確かに吸血鬼は丈夫で、しかも再生能力もある。そうそう死ぬ生き物ではなく、弱点以外では倒せない怪物。

だが吸血鬼は、血を吸う鬼だ。つまり……。

「……サフィは、血が飲めていない。違うか？」

血を吸えない吸血鬼は餓死する。

「そうだ。サフィはこの村に来てから、まともに血を吸えていない。ロディアのトラウマのせいで、血を吸おうとすれば吐いてしまうのだ。それもあって普段はあまり力を使わないように私が止めていた」

ベリルーが力なくうなずく。思い返せばその様子はあった。

サフィは変身魔法で地下を掘る時もひとりだけ体調不良で見学していたし、人血注入肉も手に取らなかった。

どちらも大したことではないと考えていたが……サフィの性格ならば、あの場面で断ったりさぼったりしない。

つまり彼女はやりたくてもできなかったのだ。

「だがもう限界だ。今回の件を逃せばサフィにトラウマ解消の機会はない」

「私の血なら飲まない？　美味しいよ」

「無理だ。もはや味などの問題ではない」

イーリが手をあげるがベリルーは即座に否定する。

確かに味の問題ではなさそうだよな……。

「俺がロディアを殺したら、サフィのトラウマが消えないだろうか」

トラウマの原因が死んだらマシになるかもしれない。

例えばロディアを討ち取ったあと、サフィにその生首を見せつけるとかで。

普通ならグロだが、吸血鬼ならそこまで気にしないだろうし。

「消える可能性はある。だがもし直らなかったら、サフィはもはや自分でトラウマを打ち破る術（すべ）を失（な）くす。やはり理想はサフィがロディアを倒すことだと私は考える」

「理屈は分かるが……」

確かにサフィがロディアを倒して、トラウマを自分で乗り越えるのが一番だ。

だがいまの彼女にそんなことができるとは思えな……。

「あ、あの……サフィ、やりたい、です……」

そんな俺たちの話に割って入るように、サフィがふらつく足でやってきた。

目に涙を浮かべながら必死に俺のほうを見ている。

「サフィ、いまのままだと、どうしようもないです……なにもできなくて、この村の邪魔者で……」

「いやそんなことはないよ」

サフィの言葉は否定しなければならない。

実際のところ彼女があまり役に立ってはいないのは事実だが、それは仕方のないことだ。

俺もサフィに同情しているし、無理せずに療養してほしい。

「ありがとうございます……でも、このままじゃダメって、分かってるんですっ……ロ、ロ、ロディ……ロディアさんを、乗り越えないと……！」

サフィの目から涙がポロポロこぼれ落ちていく。

だがそれでも彼女は、トラウマ相手の名前を言い切った。真剣にいまの状況をなんとかしたいと思っているのが伝わってくる。

「……サフィの気持ちは分かった。でもいまのままじゃ、とてもロディアの前には出せない」

俺が「ロディア」と言った瞬間、サフィはビクッと震えた。

こんな状態で本人の目の前に立ったら、下手したらショック死してしまいそうだ。

「や、やっぱりダメ、ですか……」

サフィは上目遣いで俺を見てくる。その目に宿るのは、恐怖と覚悟に思えた。

…………はあ。あまり無理してほしくないのだが。

「分かったよ、このままではダメだ。だから修行しよう」

「しゅ、修行？」

「サフィがロディアに面と向かえるように、訓練しようってことだ」

そもそも現状のサフィがいくらやる気になっても、さすがにロディアに対面させるのは無茶だ。

だがメンタルだって訓練次第ではなんとかなると思う。

例えばあがり症の人は大勢の前に立つと緊張するが、何度もこなしていけば慣れていく。

「ちょ、ちょっとリュウト。どうやって訓練するのよ……ロディアの前に何度も立たせるなんてつもりじゃないでしょうね？」

アリエスが俺の方を睨(にら)んでくる。

いや俺もそんな鬼畜外道なことするつもりはないぞ……。

「違う。だがある意味ではそうかもしれない」

「ど、どういうこと？」

「あー、なんとなく分かりましたわ」

困惑するアリエス、納得するミナリーナ。

これはミナリーナのほうが勘がいいとかではなく、単純にいつも使っているかの差でしかない。

俺がサフィのトラウマ緩和のために考えた策、それは……。

「変身魔法を使う。俺がロディアという奴に変身するから、目の前に立つ練習をしよう」

第6章

吸血鬼、諸悪の根源を倒す

「はやく神父に変身なさい。さあ早く。夜明けまでの時間は貴重ですわよ」

ミナリーナがすごく俺を急(せ)かしてくる。

俺が神父に変身することで、サフィのトラウマを段階的に改善できる可能性はある。だが……。

「ひっ……」

サフィが怯(おび)えた涙目でこちらを見ている。

覚悟はしていても、やはりロディアの姿は見たくないようだ。

下手したら段階的どころか、階段崩れみたいに取り返しのつかないことにならないだろうか……。

とはいえ現状のまま放置しても、サフィの状態が改善するとも思えないからな。

「えーっと……」

神父の顔とか姿を思い出す。ロディアが町で見た神父であることは間違いないので、その時の見た目を思い浮かべる。

そしてアガリナリ氏を守った時、血文字からの記憶を辿(たど)って容姿はなんとなく分かる。

神父服を着ていて、腰に銀の鞭(むち)と鞘(さや)をつけていて……あれ？　鞭は右だったか左だったか……まあいいか。

それで顔はどんな感じだったかなぁ……やっぱい、曖昧だ。

「どうしたのかしら？　変身しないの？」

アリエス声をかけないでくれ。俺はいますごく集中しているんだ。

髪の毛は金髪だった。鼻は平均くらいの高さで、ヒゲを生やしていたっけ？　確か二重だった気はする……芸能人の誰かに似てたような……。

………ええい！　雰囲気合っていれば何とかなるだろ！

「行くぞ！　変身!!」

「なんかやけくそ気味に聞こえるわね……」

アリエスのツッコミを無視して、俺の体が煙にボンと包まれる。神父服のロディアという男になっているはずだ。左腰になんか銀鞭っぽいのと、右腰になんか銀の鞘っぽいのをつけている。

なお解像度低すぎて子供のおもちゃみたいである。造形がすごく単純でしょぼいのに、銀の輝きを醸し出しているのがパチモノ感を増していてタチ悪い。

「……こんな奴だったかしら？　なんか違うような」

アリエスが俺の顔を訝し気に見てくる。やめろマジマジ見るな。似てないのがバレるだろ。

「変身能力はあくまで思い浮かべた者になる力。思い浮かべた者自体が間違っていればこうなりますわ」

「つまりリュウトは人の顔を覚えてない」

「人と吸血鬼の共生をうたっているのに、他人の顔をあまり覚える気がないの？」

「仕方ないだろ⁉　一度しか会ったことのない奴の顔をそこまで完璧に覚えていられるか⁉」

吸血鬼だからって完全記憶能力はないんだよ！　そもそも人の顔を覚えるの大変だろ⁉

挨拶しあっても次の日に忘れてることとあるだろ⁉

「真面目に話すと変身する時は、見本を見ながら変わるのが基本ですわね。そうでないと細部までの再現は不可能ですわ」

「……そうなの？　知らなかったわ」

アリエスに対してミナリーナはうなずいた。

「そうでなければ吸血鬼はもっと人に化けて、血を吸いまくってますわ。化ける当人を襲って気絶させて、その上で必死に見続けて化ける。そこまでするよりも最初に襲った人の血を吸って満足しますわ」

「いっそ蚊に変身して血を吸う方が効率よさそう」

イーリの一言に思わず同意しかけてしまうが、いや小さな体だとそこまで量が吸えないだろと我に返る。

「変身能力も完全ではないということですわね。それよりも……銀に変身していることに驚きですわ……普通の吸血鬼なら銀に変身したら死にますわよ」

「死ぬ」

「自分の体を弱点にするのですわよ？　無事なわけがないですわ。自分の体同士で食い合うみたいに消滅必死ですわ。なにもそこまで変身で再現しろと言ったつもりはないのですが」

確かにその通りである。ナメクジが自分の体の一部を塩にしたら地獄になりそうだ。

やはり変身能力は万能ではないよなぁ。万能ならば吸血鬼はもっと人の中に入ってるよなぁ……隣人が吸血鬼に入れ替わり事件が多発してそうだ。

「なので元々問題はサフィに対して有効かですが……聞くまでもないですわね」

ミナリーナはチラリとサフィに視線をうつす。俺が変身してからサフィは声を発していない。

それもそのはずだ。なにせ……。

「きゅう……」

地面にうつぶせに倒れて気絶しているのだから……うなされているのか、小さな悲鳴もあげている。

「……とりあえず介抱してやらないとな」

俺は変身を解いてサフィを背負って地下室へと運び、他の吸血鬼に預けてまた戻ってきた。

ミナリーナは俺を待っていたと言わんばかりに口を開く。

「これを何回か繰り返せば、サフィも多少は耐性がつくと思いますわよ?」

そしてその間にイーリが入ってきて、

「これってイジメでは?」

「…………」

「何度も気絶させられるサフィが哀れ過ぎる」

イーリはさらに追撃してくる。

「違うんだ！　こうでもしないと解決しないからやっているだけだよ！　サフィの覚悟に応えてやるべきだろ!?」

実際、現状ではとてもサフィをロディアの前に立たせるわけにはいかない。

だってサフィは俺のうろ覚えの変身した姿、再現性の低いパチモノにすら気絶しているのだから。本人を目の前にしたらどうなるか予想つかない。

「……仕方ない。本人の意見も聞きつつ、できそうならまた明日試すか」

「またやるの……?」

「サフィが頑張るって言ったらな!?　今日はもう無理だろうから解散だ解散！」

アリエスに叫ぶように返す。

こうして話がまとまったので解散しようとすると、イーリが俺のそばへと寄ってきた。

「ねえリュウト。私に変身してほしい」

彼女は無表情のままお願いしてくる。相変わらず何を考えているか分からない。

「なんで？」

「本人を目の前にしたらソックリになれると聞いて」

「なるほど？」

ようは興味本位ということか。俺としても実物を前にしての変身精度は気になるな。

アリエスとミナリーナも面白そうにこちらを見てきたので、イーリを舐めるように見ながら変身することにした。

「変身！」

俺の体が煙につつまれて視線が低くなった。いつもは身長差で目の前にいるイーリを見下ろしているが、いまは同じ目線で立っている。

「おー。いつも見ている私そっくり」

イーリは少し感心した声で告げてくる。

「確かにそっくりね……黙っていたらどちらが本人か分からないわ」

「まじか。俺の変身魔法は優れているようだな！」

「黙ってなさい誰だか分かるでしょ」

「口を開いたらバレバレですわね。黙っていても親しい者なら表情や仕草でバレますわね」

アリエスとミナリーナの批評が厳しい。やっぱり変身魔法で別人に化けるのは高難易度過ぎるな……。

まあ変身魔法が万能なら吸血鬼たちも血を吸うのに困らないか。人間襲うのすごく楽そうだもんな。

「ねえねえ。自分の体のことは見られる？」

そんなことを考えているとイーリが話しかけてきたので、俺は自分の体を見下ろす。そりゃ見られるに決まっている。

「違う。魔眼で上から私を見られる？」

「う、上から……？　どういうことだ？」

イーリの言っていることがわけ分からない。困惑しているとイーリはほんの少しだけ悲しそうな顔になった、気がした。

「つまり魔眼は使えない。ならいい」

「変身能力で化けても、特殊能力まで使えるとは限りませんわ。発声器官などのその姿だから扱えることならともかく。魔眼も真似(まね)できませんわ」

ガッカリしているイーリにミナリーナが付け加える。

空を飛んだり超音波を発したりするのはその体の造りによってできることで、かつその生物なら基本的にこなせることだ。なので変身したら基本的に扱えるようになる。

だが例えば魔法使いに変身しても、魔力や技術は真似できないので魔法を扱うことはできないと。敵の能力コピー！　なんてのは無理ってことだ。

しかしイーリの言った上から自分の体を見るとはどういうことだろうか？　気になるので聞いてみようと思ったら、イーリが俺のすぐ目の前にやってきて肩を掴(つか)んだ。

「い、イーリ？　どうした？」

いつもに比べて目線が低く、普段なら小動物にしか見えないイーリのことが少し威圧的に感じる!?　よく体が精神に影響を及ぼすとか言うけど、確かにそうかも……。

イーリはしばらく俺の体を見続けたあと。

「脱いで」

「は？」

「服脱いで」

「？？？？？」

誰か目の前にいる少女の言動の意図を説明してください。現在同じ体のはずなのに欠片(かけら)も心が理解できないです。

「イーリさん!?　あなた何を言ってるの!?」

「変身魔法で服装も変わってる。なら中もちゃんと変わってるのか興味がある」

イーリは無表情で俺の体を服ごしに凝視してくる。

そんな売り物のフィギュアの服の中を気にするような⁉　というか俺も分からないけど
たぶん内部は実装されてないんじゃないかな⁉

「仮に変わってたとして、ここで脱いだらイーリの体が外で全裸になるが⁉」

「構わない。偽物の体だし私に恥はない」

「少しは構え⁉　恥を知れ⁉」

「ちなみに服を傷つけられてもダメージ受けますわよ。元の体の一部が服になってますの」

イーリが俺の衣服に手をかけて本当に脱がせようとしてくる⁉　正気か⁉

「なんのっ！　変身解除！」

「あっずるい」

俺は何とか変身を解いて事なきを得た。

それにしても上から自分の体を見るとは、どういう意味なのだろうか……？


そして翌日の夜になった。気が重いがサフィに訓練をするか確認しないとなと、血下大迷宮へ向かおうとすると、

「リュ、リュウトさん……きょ、今日もお願いします……！」

サフィの方から俺の家にやってきて、涙目で頭を下げて頼み込んできたのだ。

「……いいのか？　正直、昨日ので心折れていても誰も怒らないぞ？」

「さ、サフィは……ロディアさんのことを乗り越えないと、生きていけないから……！」

サフィは涙を流しながら、さらに言葉を続けていく。

「サフィ、もう吸血鬼になってしまったんです……吸血鬼の皆さんに、人に戻れるかって聞きました。でもそんな方法ないって……もうお父様やお母様のいる場所に戻れない……」

「…………」

俺も吸血鬼から人間に戻る、あるいはなる方法は聞いたことがない。

そもそも吸血鬼から人間になれるなら、たぶん俺はここにはいない。

シェザードはきっと人間になって、フィアンセと幸せに暮らしただろう。あるいは世界への復讐として、吸血鬼を人間にする方法を発明する選択肢もあった。

シェザードは魔導の天才であったのだから。だがあいつが人生を賭けて行ったのは、俺を召喚したことなのだ。

つまりおそらく、吸血鬼から人間に戻る方法は存在しない。

仮にあったとしても数十年で開発されることはほぼない。つまりサフィの望みが叶えられることは……。

「でもそれなら、吸血鬼として生きていくしかないんです」

サフィは俺にそう言い切った。

どうやら俺が思っていた以上に、サフィの覚悟は決まっていたようだ。

吸血鬼として生きていくために、どうしてもロディアのトラウマを克服したい。

「そうか。じゃあ厳しくいくからな」

「うっ……は、はいっ！」

俺はサフィの頭を軽く撫(な)でて、家の外へと出て行く。

そうして何日もサフィと訓練を行った。彼女は最初の間は気絶し続けたが……、

「ひ、ひっく……」

「おおっ！　気絶しない！　やった！」

とうとうサフィはロディア（偽物）を目の前にしても気絶しなくなった！

これなら本物相手でも前に立つことができるかも!?

「サフィ、よくやったぞ！」

思わず褒めてしまったが、サフィは小さく首を振った。

「ま、まだです……サフィはこの人を乗り越えないと……まだ目の前に立てるようになっただけ……！　リュウトさん、お願いします。サフィを罵ってくださいっ……」

サフィはまだ自分を認めていなかった。

確かにそうだ。偽物相手にかろうじて立てただけでは、本当の意味でスタートラインに立てただけ。

ロディアは当然脅してくるだろうし、その状態でも意識を失わないようにしないと。

「分かった……じゃあ行くぞ！　今日は銀鞭を用意したのですよ。ご安心ください、新品です……」

「きゅう……」

「わーサフィ!?　大丈夫か!?」

残念ながらサフィはまた意識を失ってしまった……。

だが確実に前進はしている。あとは吸血鬼狩りギルドが攻めてくるまでにどれだけできるかだな。


都市ベーリアの広場では、演説が繰り広げられていた。

「諸君！　この血塗れ(ちまみ)の聖人が、この国に巣くった吸血鬼の村を滅ぼすと約束しよう！」

広場に設けられた演説台でロディアが叫ぶ。

彼は今回の吸血鬼狩り軍の大将として、演説をすることを依頼された。

そして彼の後ろには、大勢の吸血鬼狩りたちが並んでいる。

彼らはドラクル村の討伐のために用意された吸血鬼狩りたち。この広場にいるのは百人程度だが、軍の総勢は五百人以上いる。

シルバリア王国に吸血鬼狩りはいないのに、わずか数日でこれだけの数を集めた。

その理由は事前に準備していたから。

吸血鬼狩りギルドは隣国の国境付近に、多くの吸血鬼狩りたちを待機させていた。

元よりドラクル村を潰すため、軍で侵攻する予定があったのだ。

「私は隣国の軍が吸血鬼に壊滅させられたことで、ドラクル村の討伐を行うことを決定した！　私が動く以上はもはや吸血鬼には死あるのみ！」

ロディアが言ったことは、婉曲的なシルバリア王国への批判だ。

ようはシルバリア王国が被害を受けていても無視していたが、隣国に被害が出たから討伐しますという説明をしている。

これはロディア自身の言葉ではなく、吸血鬼狩りギルドが決めたセリフだった。

吸血鬼狩りギルドには今回の討伐を経て、より吸血鬼の脅威を喧伝する狙いがある。

あわよくばシルバリア王国の民が吸血鬼に恐れをなして、現王政を倒して吸血鬼狩りギルドに入ることも期待していた。

（なんとも下らないですが、まあ私が目立てばなんでもいいでしょう）

ロディアは心の中で呟きつつ、腰の鞘から銀翼の天神剣を抜いて空に掲げた。

「私こそが神の使徒！　その証拠をお見せいたしましょう！　罪人を私の前に！」

両手を縛られた男が連行され、ロディアの前に突き出された。

「この者は人を殺した盗賊です！　悪しき者よ、我が神の代行たる裁きを受けなさい！」

ロディアは銀翼の天神剣を振るった。すると剣から巨大な光の線が放出され、両手を縛られた男を飲み込む。

光が消えたあと、男は人の形をした炭になっていた。

「見なさい！　我が神の力は、吸血鬼だけでなく悪しき者すら浄化するのです！　私こそが神の代行者である！」

ロディアの宣言に、民衆たちは大歓声をもって返した。

この世界において処刑は娯楽であり、そこに眉をひそめる者はいない。

純粋にロディアの力に人々は称賛の声をあげていた。

問題があるとすれば、殺された男は実は罪人ではなく、アガリナリに荷物運びの手伝いとして雇われていた者だったことくらいだ。

（素晴らしい。やはりこうでなくては）

ロディアは満足げに笑って演説台から降りていく。彼の頭にはもう、先ほど黒焦げになった男のことなどなかった。

「さあ行きますよ。ドラクル村を滅ぼしに」

「「「はっ！」」」

ロディア率いるドラクル村討伐軍は、ベーリアを出発した。

そして数週間ほど街道を進み続けて、ドラクル村のすぐ近くに布陣する。

「ロディア様！　ドラクル村が見えてまいりました！　このまま攻撃を行いますか？」

「貴方（あなた）は馬鹿ですか？　いまはもう昼過ぎです。いまから攻めたら夜が近いでしょう？　無能は悪ですかね？」

「ひ、ひっ……も、申し訳ありません!?」

ロディアは銀翼の天神剣を抜く素振りをして、部下の男はそれを脅しと捉えて必死に謝罪する。

「ああ。殺したら新しい部下が必要になってしまいますね。それも面倒ですか」

だがロディアは別に脅したつもりはない。剣に手をつけたあと、迷って殺さなかっただけだ。

「ドラクル村から少し離れて、吸血鬼狩りたちをまばらに包囲させなさい。そのあとに追って指示を出します。そうすれば吸血鬼を逃がさずに、明日の朝から攻め込めるでしょう」

「な、なるほど！　流石（さすが）はロディア様！　天の御使いですな！」

「はあ……」

「ひ、ひいっ!?」

部下の手もみの世辞に、ロディアはため息をついた。

「世辞なんて必要ないんですよ。ただ部隊を率いるだけなら神の力は関係ないでしょう」

「そ、そ、そうですな!? 失礼いたしました!?」

部下は逃げるように去っていくが、ロディアは視線すら向けない。

ロディアの目はすでにドラクル村を睨んでいる。

「無能でもカカシ程度の役には立つでしょう。そもそも軍なんて必要ないのに面倒ですねぇ」

ロディアは他の吸血鬼狩りを見下していた。

だがいまの彼にはそれに相応しい実力がある。

そもそも吸血鬼狩りは基本的に、対吸血鬼に特化している。アリエスなどを見れば分かるが、相手が吸血鬼以外となると途端に弱いことが多い。

だがロディアは違う。彼は傭兵アガリで銀剣を巧みに操って吸血鬼を倒している。

むしろロディアは、聖魔法がやや弱いという弱点があった。その聖魔法の弱点を補えるほどに、武芸に優れているというのが世間での評価。

だがその弱点は、銀翼の天神剣によって消え去ってしまった。

人間はどうしても伸ばせる才能に限界がある。優秀な聖魔法を放てる吸血鬼狩りほど武芸がやや弱く、また武芸に秀でた者は聖魔法がやや下手というのが大半。

だがいまのロディアは例外だ。その聖魔法は本来効かないはずの人間を殺せるほどで、さらに卓越した剣技を扱う超人と化している。

「ふふふ……サフィ。私の愛おしいサフィ。今度こそ逃がさず壊して、私のモノにしてさしあげますよ。それに銀の聖女もいるなら、ついでに飼うのもいいですね」

「ろ、ロディア様！　包囲はそろそろ終わりそうです！」

「では例の策を実行してください」

ロディアは部下に対して淡々と命じた。

（ククク、こうすれば吸血鬼たちは今晩必ず攻めてくるはず。昼の弱体化した吸血鬼と戦うなどつまらないですからね。とはいえ本当のことを言えば、愚か者たちはこのまま攻めかねませんし）

ロディアが包囲を命じたのは、翌日の朝まで待つためではない。

ドラクル村の吸血鬼たちに打って出てこさせるためだった。

彼にとってこの戦いは狩りだった。逃げた獲物を捕らえるための。

（なのでまぁ、このまま夜まで待ってもいいのですが……私に狩られる資格があるかは試しましょうかね）

サフィの訓練を始めてから二週間ほどが経つ。

彼女はすごく頑張っていて、偽物相手に脅されても気絶しなくなった。まだかなり怯えているが……。

本当ならもう少し色々と修行したかったが、そろそろタイムリミットだ。

吸血鬼狩りの軍勢が、この村から少し離れたところまでやってきている。

斥候のコロランたちが都度報告してくれているので、奴(やつ)らの動きは把握していた。

吸血鬼狩りたちは遠巻きに村を包囲していると。

「そろそろ戦いになるか」

俺は自宅で椅子に座りながら、ふとそう呟いた。

「サフィにトラウマを乗り越えさせて、吸血鬼と人間の仲も修復する。勝利条件が難しいね」

イーリが朝食の皿を運んできた。どうやら今日は鶏肉(とり)のブラッド炒(いた)めのようで、血の匂いが鼻をくすぐる。

「ただ勝つだけじゃないからな。さてそろそろ頃合いかな。吸血鬼狩りに好きにさせたら日中に攻めてくるだろうし」

吸血鬼狩りがドラクル村に攻めてくるのは、間違いなく日中だ。

奴らからすればわざわざ吸血鬼の強い時間帯に戦う必要はない。

対して俺たちは村を守らなければならず、攻められたら昼だろうと戦わざるを得ない。

「なら包囲される前に攻めればよかったのに」

イーリは眼帯を外していて、右目を輝かせている。

おそらく魔眼で周囲の状況を確認しているのだろう。

「それも微妙なんだよ。そうすると村人たちは敵軍の姿を見ないまま終わってしまって、吸血鬼たちの頑張りが認められない。だから奴らが村に近づくまで待っていたんだ」

「じゃあ村人も一緒に夜襲するの？」

「流石にそこまではしない。包囲してきた敵を撃退すれば、村人たちも吸血鬼に感謝するだろう」

今回の戦いは、ただベストな手段で勝つのではダメだ。

吸血鬼たちが活躍して、村人たちはそれに感謝する構図を作る必要がある。

そのためには村人たちに攻められた脅威を感じてほしいので、敵軍を目の当たりにしてもらいたいのだ。

俺がドラクル村を統治することができるようになった理由。それはこの村が盗賊に襲われて圧倒的な恐怖があったからこそ、それを助けてくれる者にすがった。

だから夜襲をせずに、吸血鬼狩りが村を包囲するのを待っていたんだ。

「よし、全吸血鬼と村人に伝えに行くか。今晩、決戦を行うと」

そうして俺は村人たちを広場に集めて、今回の作戦の概要を説明する。

「そういうわけで、吸血鬼たちが戦ってくれる。村を守るためにな」

「か、勝てるのですか？」

「そ、そうだよな。相手は大勢の吸血鬼狩りで……」

村人のひとりが不安そうな声をあげ、何人かがその言葉に追従した。

すでにこの村は遠巻きだが包囲されているので、村人も吸血鬼狩りがどれくらいの数かは把握している。

だから吸血鬼が負けるかもと思っているのだろう。

「勝てる。吸血鬼たちを舐めるなよ？」

「ですが吸血鬼狩りは、対吸血鬼のプロですよね……？　いままでの盗賊や魔物とは違うわけでして……」

「安心してくれ。確かに吸血鬼狩りは吸血鬼退治のプロだが、今回の場合は普段とはワケが違う。それに俺もいるからな。俺はアリエス……銀の聖女を完封したんだぞ？」

村人たちの質問に強く断言して返す。

実際、この戦いは吸血鬼たちに分があると思っている。確かに吸血鬼狩りは多いが、吸血鬼たちもまた四十名ほどはいるのだから。

「た、たしかにアリエスちゃんは有名な吸血鬼狩りだったな！　忘れてた……！」

「そのアリエスちゃんに楽勝だったなら、村長は相当強いってことだもんな！」

悲報、アリエスの強さ忘れられる。

……まああれだけ俺にボコボコにされたら流石に仕方ないか。

「そういうわけだ。お前たちも今晩は警戒しつつ、外の音などを聞いておけ。吸血鬼たちの戦いの叫びが聞こえてくるだろう」

そう言い残して広場を去り、今度は吸血鬼血下大迷宮へと降りた。

昼なので吸血鬼たちの姿は見当たらない。どうやら全員が転がってる棺桶（かんおけ）の中で寝ているようだ。流石に重要なことなので起こすことにした。

「みんな起きてくれ！」

「誰も起きないね」

イーリの言う通り、棺桶はフタが閉じたままで吸血鬼たちが目覚める気配はない。

いや違う。ひとつだけガタガタとフタが開き、中からサフィが起き上がった。

「りゅ、リュウトさん……とうとう戦うんですか……？」

サフィは不安そうな声で尋ねてくる。

必死にこれまで訓練してきたが、やはり心配は尽きないのだろう。

たぶんあまり寝られてなくて、俺の声でひとりだけ出てきたのかな。

「そうだ。吸血鬼狩りたちはこの村を遠巻きに包囲しているから……」

話の途中、いきなり鼻孔をくすぐる刺激臭がした。

「あっ……あっ……」

それと同時にサフィが痙攣して苦しみ始めた。

いや彼女だけではない。周囲の棺桶もガタガタと動いて、吸血鬼たちが飛び出してくる。

だが彼らの反応は至極当然だった。何故ならこの臭いは……。

「ぐ、ぐえええええ!?　に、ニンニクぅぅうぅぅぅ!?」

「おげええええ!?」

濃厚なニンニクの香りが漂っていた。

俺にとっては香ばしいのだが、他の吸血鬼からすれば毒だ！　こんなの地下室に毒ガスをまかれたようなものだぞ!?

「バカな!?　村人たちがニンニクを焼いてるわけないよな!?　そうすると……」

「た、大変ですリュウト様！　吸血鬼狩りたちが、ニンニクを焚いております！」

「やっぱりか!?　なんて卑劣な手を！」

吸血鬼狩りたちめ、やってくれるじゃないか！

包囲してきたのは俺たちの逃げ場を塞ぐためと思っていたが、それだけではなかったと！

……人間基準だとしょうもない策だ。だが吸血鬼相手なら悪夢みたいな策だ！

「リュウト大変。サフィが死んでる」

「サフィー!?　い、いやまだ生きてる！　白目を剝いてビクンビクン震えてるが！」

サフィは他の吸血鬼に比べて、血が吸えずに弱体化している。

だからニンニクの匂いで死にかけてる……！

ニンニク燻しとかいうバカみたいな話だが、吸血鬼からすれば洒落になってないぞ!?

サフィとか本当に死にそうなんだけど!?　地下室の壁が血でコーティングされていて、臭いが微妙に中和されてなければやばかったかも!?

「ええい！　このニンニクはなんとかする！　お前たちは地下室にいろ！　地下でこれだから地上は地獄絵図だぞ！」

「リュウト、我が目が臭いの元を把握してる」

「目なのに……いやなんでもいい！　案内してくれ！」

俺はイーリを背負うと、そのまま地下から抜け出した。

急いで階段を登って地上に出ると、村は白い煙とニンニクの強烈な臭いが充満している。

これ吸血鬼が地上に出たら、煙で殺されそうだな……。

「リュウト！　やっと見つけた！」

村を見渡しているとアリエスがこちらに走ってくる。

「アリエスか！　俺はいまからこの臭いの元を絶ってくる！　吸血鬼狩りの仕業のようだしな！」

「もう察しているみたいね。これは吸血鬼猟のひとつよ！　ニンニク煙燻製狩！　吸血鬼狩りの必殺猟のひとつ！　吸血鬼がいそうな場所の近くで、大量のニンニクを焼いたりするの！」

「なんて恐ろしい狩猟するんだよお前ら!?」

そんなゴキブリ退治に燻煙剤撒くみたいな!?　もしくはアナグマ狩りで、巣穴を煙で燻すみたいな!?

「なあ、人間の方が鬼じゃないか？」

「知らないわよ！　それより早く退治しないと、吸血鬼たちが煙で死にかねないわよ！　この狩猟法は有用なことで有名なの！　吸血鬼がもだえ苦しみながら死ぬから！　実は私も貴方に負け過ぎた時にやるか迷ったり……」

「やってたら問答無用で追い出してたな……。えっと、ようは煙を焚いてる吸血鬼狩りを倒せばいいんだな！　イーリ、敵はどっちだ！」

「あっち」

俺はイーリを背負ったまま、さっそく駆け出した。

「えっ!? ちょっと私は!?」

後ろからアリエスの声が聞こえるが知らない。ふたりも背負えないし、そもそも吸血鬼狩り相手にアリエスは……。

そしてしばらく走っていくと、木で組んだ檻みたいなものの中で炎が燃えていた。つまりはキャンプファイヤーみたいなものが!

そこから白い煙がモクモクとこちらの方に流れてきている! やはりあれが諸悪の根源、というか悪臭の元!

「イーリ、降りてくれ」

「ん」

俺はイーリを降ろすと、キャンプファイヤーに向けて突撃。

「吸血鬼だ! 炙り出されて出てきたぞ!」

「昼の吸血鬼は、強い奴だろうが弱体化する! さっさと倒して……」

「邪魔だあああああ!!!」

「「ごはぁ!?」」

俺は邪魔しようとした吸血鬼たちを、体当たりで遠くに吹き飛ばす!

そしてキャンプファイヤーの至近距離まで近づくと。

「ふ――――――――！！！！！！」

思いっきり息を吹きかける。すると炎は一瞬で消えて、木も飛び散っていった。

まだ地面には焼いていたニンニクが残っている。これはもったいない、食べよう……と手を伸ばし、

「リュウト、ニンニク臭くなったら吸血鬼たちが困るよ」

追いついてきたイーリが無情な警告をしてきた。

「……ひ、ひとつくらいなら」

「ダメ」

「は、半分だけ……」

「ダメ」

「よ、四分の一……」

「リュウト」

「はい……」

俺は失意の中、地面を掘ってニンニクを埋めた。そして思いっきり踏みつけて、ぐちゃぐちゃにしてしまった……。

これでとりあえず臭いの元は絶つことができたか……もったいなかったけど。

しばらくすれば煙も霧散して、村の空気も清浄になるだろう。

「まったく吸血鬼狩りめ……卑劣な策を。だがまあこれでひとまず何とかなった。夜の決戦は大丈夫そうだな」

「ところでなんで包囲しておいて攻めてこないの？　こんなの夜に吸血鬼たちが攻めてくるのを、待ってるようなもの」

イーリが首をかしげて聞いてくる。

「このニンニク煙で勝てると思ってたとかじゃないか？」

「なるほど」

吸血鬼狩りたちがなにを考えているかは分からないが、吸血鬼が夜に攻めて損することはない。というかそれ以外に選択肢がない。

もし奴らになにか罠があっても、食い破ってやろうじゃないか。


そうして夜になった。吸血鬼狩りは村の包囲こそやめたものの、一か所に固まって一向に攻めてこない。

だがこちらとしては好都合、反撃の時間だ。

「吸血鬼の諸君！　これから村の付近にいる吸血鬼狩りを撃滅する！」

俺は血下大迷宮の大広間で、吸血鬼たちを集めてそう宣言した。

「奴らは卑劣にもサフィをイジメて！　しかも俺たちをニンニクの煙で殺そうとしてきた！　苦しかっただろう！」

「リュウトは効いてないでしょ」

「自分のことは棚に上げますわよね」

イーリやミナリーナのコソコソ話は無視する。

「吸血鬼狩りは絶対に許せない！　奴らは倒さなければならない！」

「そうだそうだ！　よくもやってくれたなあいつら！」

「サフィたんをイジメやがって！」

吸血鬼たちも怒り心頭のようで、士気はかなり高い！

これなら一致団結して吸血鬼狩りに対抗できそうだ！

「ただし吸血鬼狩りはなるべく殺すな！　奴らを生け捕りにすれば、人質交換などで多くの物資が手に入る！　そうすれば村が潤い、お前たちへの血の配給も増える！」

これは戦争なので、殺すなとは命じられない。だが吸血鬼たちにはなるべく人殺しをしてほしくない。

理由は簡単で恨みを増やしたくないからだ。アリエスのように吸血鬼に身内が殺された者は、吸血鬼を憎悪してしまう。

甘い考えなのは間違いないので、なるべく程度にとどめておく。

あとはメリットを与えておけば、手加減できる余裕があるなら殺さないだろう。

「つまりは吸血鬼狩りを生け捕りにするごとに、人血注入肉のボーナスを与える！」

「「「うおおおおお！！！！」」」

「お、おー……！」

サフィが遅れて掛け声を出すが、他の吸血鬼に比べてかなり声が小さい。

まあ貴族令嬢だったなら、こんな大声をあげる機会もなかっただろうしな。

ただ……。

「悪いがサフィは留守番だ。ひとまず待機していてくれ」

彼女にはロディアと相対してもらう予定だが、それ以外で消耗してほしくない。

「は、はい……」

「悪いな。ロディア相手に力のすべてを注げるように、ドラクル村で力を蓄えてくれ。では行くぞ！　ドラクル村の全戦力をもって、敵を撃滅するのだ！」

「「「おおおおおおお!!!」」」

こうして吸血鬼たちは出陣して、吸血鬼狩りに向かって走り出した。

吸血鬼狩りたちは、ドラクル村から少し離れたところで休息を取っていた。

彼らは聖魔法によって夜の闇の中でも、昼間のように目が見えている。

吸血鬼を相手にする以上、夜闇への対策は必須だった。それができない者はそもそも吸血鬼狩りになれない。

「間違いなく今晩、吸血鬼たちの夜襲があるはずだ！　全員、警戒を怠るな！」

吸血鬼狩りの指揮を任されたベテランが叫ぶ。

彼らにとって吸血鬼と戦うのは慣れたことだ。全員が適度な緊張感をもって、いつでも戦える状態を保っている。

「チッ、本当なら昼間に村を攻めたかったのによ。なんで命令が来なかったんだよ」

「馬鹿言え。俺たちはドラクル村の人も、皆殺しにしろって言われてるんだぞ？　昼だと村人たちに抵抗されたら面倒だろうが。だが夜ならどうだ？」

「あー。俺たちは夜でも見えるが、あの村の連中は無理か。楽に捕縛できた方が、女を傷つけずに捕らえられるもんなぁ」

吸血鬼狩りたちは、ドラクル村を皆殺しにするように指示を受けていた。

吸血鬼の村の住人などはおぞましいとの理屈でだ。

だが殺すまでになにをするかは暗黙の了解であった。

吸血鬼狩りたちは愚連隊に近く、そもそも軍紀などは存在しない。

「そうだ。だから吸血鬼への優位よりも、対人間への優位を取ったんだろうさ。血塗れの聖人も元傭兵だけある、奴の指揮は別に間違っちゃいないさ。性格は間違ってるがな」

吸血鬼狩りたちはロディアの実力は信頼している。

だからこそ唯々諾々と、村を遠巻きに見張る指示に従った。

「だがニンニク炙りが失敗したと聞くぞ？　紫光に人飼いはやはり相当強いんじゃないか？」

「そりゃ特級だからな。だが血塗れの聖人には勝てないさ。あいつは化け物だ」

吸血鬼狩りたちは口々に話す。

だがその間も油断なく周囲を警戒し続けている。

彼らは吸血鬼を狩る者であるが故に、吸血鬼の恐ろしさもまた把握していた。

闇夜で不意打ちされたら、反撃する前に殺されかねないことも。

「……！　いたぞ！　吸血鬼だ！」

吸血鬼狩りのひとりが、闇夜に潜む者を発見する。

それと同時に吸血鬼狩りたちは臨戦態勢に入った。銀剣を抜いたり、聖水の瓶を手に持ったり、あるいはニンニクを構えたり。

そんな彼らの前に姿を現したのは、ドレス姿の令嬢吸血鬼ミナリーナだった。

後ろには四十ほどの吸血鬼を引き連れている。

「ご機嫌よう、吸血鬼狩り」

「き、貴様は……その胸元の開いた服に紫髪……紫光か！」

「……判定の仕方が微妙に気に食わないですがその通りですわよ」

「待ちなさい、貴方たち！　この村は吸血鬼と一緒に暮らしてるだけで、誰にも迷惑かけていないわ！」

そしてアリエスが前に出て叫ぶ。彼女はこの戦いを止めようとしていた。

吸血鬼狩りたちは目を丸くして驚く。

「あ、あれは堕ちた聖女じゃないか！　吸血鬼にされてなかったのか！」

「まじかよ！　催眠にかかってる様子もないし、じゃあなんで吸血鬼に従ってるんだ？」

「どうせ脅されて屈服したとかだろ。ほら色仕掛けとかで」

「違うわよっ⁉」

吸血鬼狩りたちに下卑た目で見られて、アリエスは少し顔を赤くする。

「品がないですわね。アリエス、だから無駄と言ったでしょう？」

「うう……やっぱり無理か……」

「じゃあもういいですわね？　では吸血鬼たち、襲いなさい」

ミナリーナの指示に従って、吸血鬼たちは牙を剥いて襲い掛かった。

ここにドラクル村ＶＳ吸血鬼狩りギルドの戦いが始まったのだ。

「聖なる陽よ、闇を祓え！」

「当たらなければ！」

吸血鬼狩りの聖魔法を、軽く回避する吸血鬼。

「くそっ！　聖水を受けろ！」

「当たってたまるかぁ！　くらえっ！」

吸血鬼は投げられた聖水の瓶をかわし、すぐさま拳の一撃を放った。

「うおっ!?」

吸血鬼狩りもまた後ろに飛んで避ける。

「く、くそっ……！　なんだこいつら……！」

一進一退の攻防のようにも思えるが、苦悶の声をあげるのは吸血鬼狩りの方だった。

「ごふっ……」

「がっ……」

そして吸血鬼狩りたちは何人もやられていく。

現在のドラクル村側の戦力は吸血鬼四十人。対して吸血鬼狩りは五百人以上。

数の差で考えれば、吸血鬼狩りの方が遥かに優勢だった。

実際吸血鬼狩りが十人いれば、そこらの吸血鬼一体に苦戦などしない。普通なら吸血鬼は不利を悟って逃げ出すだろう。

だが現状の吸血鬼は全く逃げ出す素振りなどない。

「くそっ……！　なんでこいつら、こんなにやる気なんだよ!?」

「本気で村を守ってるのか!?　人間なんて飼ってる程度の感覚のくせにっ！」

吸血鬼狩りたちが思わず悲鳴をあげる。

そもそも吸血鬼は、己を狩る者と馬鹿正直に戦うことが少ない。なにせ吸血鬼狩りと戦うメリットが少ないからだ。

血を吸うなら他の弱い人間を狙えばいいだけで、しかも脚力などは吸血鬼の方が遥かに優れている。面倒なので逃げることが多い。

なので吸血鬼狩りはハンターとして襲い掛かる側、吸血鬼は逃げる側なのが基本だった。

だがいまは立場が逆転しかけている。ドラクル村の吸血鬼たちは、サフィのことで一致団結して襲ってきているのだ。

「よくもサフィを、この外道ども！」

「死んで詫(わ)びろっ！」

「ごえっ……サフィ、って誰……」

吸血鬼たちがさらに吸血鬼狩りを薙(な)ぎ倒していく。

だがそれだけではない。

「「「「ぶーん」」」」

「ひいっ⁉　スズメバチの群れが⁉」

ドラクル村には吸血鬼以外にも戦力がある。

スズメバチの群れが吸血鬼狩りに襲い掛かり始めた！

しかもただのスズメバチではない。リュウトの眷属（けんぞく）として強化されたモノだ。

一刺しで人間を気絶させる恐ろしい毒を持っている。

「たっ、たっ、助けてっ⁉」

「来るなぁ⁉」

思わぬ乱入者に吸血鬼狩りたちは総崩れになっていく。

もはや吸血鬼たちに集中できるような状況ではなく、ハチの巣をつついたような大騒ぎになっていた。

「なあ。俺たちよりスズメバチにビビってないかあいつら……」

「正直俺もそう思うが気にしたら負けと思え！」

吸血鬼たちのボヤキの中、さらに吸血鬼狩りは倒れていく。

「スズメバチ殿に負けてられません！　我ら栄光輝く眷属（シャイニング・ファミリアズ）も、力を見せる時です！」

「「おー！」」

そしてさらに戦場に、モグラ五匹とコウモリと蛾（ガ）が大量に現れた。

「覚悟しろ吸血鬼狩り！」

「このリュウト様の眷属たる我々が！」

「お前たちを倒してやる！」

決め台詞を語るモグランたち。

「は、ハチがぁ!?」

「くそっ!?　ハチを相手しながら吸血鬼を見るなんて無理だっ!?」

だが吸血鬼狩りたちは、微塵たりともモグランたちを見ていなかった。

「「「無視されてる!?」」」

「脅威度が足りませんわね」

吸血鬼とスズメバチの群れが躍り狂う戦場に、モグラやコウモリや蛾が出ても相手にされるはずがない。

そんな間にも吸血鬼狩りは、どんどん狩られていく。吸血鬼に片手で投げ飛ばされたり、スズメバチに刺されたりでやられていった。

「うう……活躍の場が……」

そしてモグランたちは落ち込んでメンタルがやられていた。

もはや戦場の趨勢は完全に吸血鬼に傾いていて、吸血鬼狩りたちは逃げ腰になっている。

「血塗れの聖人とやらはどこにいますの？　まともに強そうなのがいないですが、もう倒してしまったのかしら？」

ミナリーナは吸血鬼狩りをピンタで吹き飛ばし、周囲を見回す。

「いや、そんなはずはないわ。あいつはどこにいても、これ以上ないくらい目立つ」

アリエスは少し距離を取ってそう告げた。アリエスは決してサボっているわけではなく、吸血鬼相手以外だと役立たずなので下がっていた。

決してサボっていたわけではない。

「おかしいですわね。ちょっと貴方、答えなさい」

ミナリーナは吸血鬼狩りをひとり捕まえて、片手で首を掴んで持ち上げた。

「へ、へへ……偉そうにしてられるのも、いまだけだぜ。血濡れの聖人は……」

吸血鬼狩りは勝ち誇ったような笑みを浮かべ、ミナリーナは小さくため息をついた。

「どうせ別動隊で、村を襲おうとしてるとかでしょう？」

「な、何故それを……!?」

「そんなことだと思いましたわ。ワタクシたちを舐め過ぎですわね。貴方たちと同じように、こちらも戦力を分けているのですわよ？」

ミナリーナは村の方へと視線を向けるのだった。

第7章

吸血鬼、吸血鬼狩りを狩る

「ふふふ、さあサフィ。お迎えにあがりますよ」

ドラクル村のすぐそばに、ひとりで歩くロディアがいた。

彼はドラクル村の方を見ながら醜悪な笑みを浮かべている。

彼の一番の目的はサフィだ。今回の戦いにおける包囲も、吸血鬼を待ち構えた作戦も、すべてはサフィ捕縛を第一とした策に過ぎない。

それゆえ仮に吸血鬼狩りの軍勢が敗北しても、ロディアにとってはどうでもよかった。

「ああそうだ、村人の裁き方をどうするか考えておかねば。沸騰させた聖水をかけましょうか。それで肌が爛(ただ)れたら吸血鬼と」

機嫌よさそうに鼻歌を歌うロディア。

彼にとっていまから行うことはエンターテインメントであり、お楽しみであり道楽であった。

神の代行者たる自分がどのように悪に裁きを下すか、妄想するだけで心を躍らせている。

「さてと。まずはそこらの宿屋でも燃やして、サフィが出てくるか確認しますか」

ロディアの視線の先には、まだ新しい宿屋があった。

彼は銀翼の天神剣を腰の鞘(さや)から抜くと、軽く振りかぶる。

この聖剣はすさまじい熱を発し、木すら燃やすほどの力を持っていた。

「ふふふ、鬼ごっこも楽しいもので……」

ロディアがそう呟いた瞬間だった。

「その宿屋は新築なんだ。燃やさせるわけにはいかないな」

リュウトが一瞬で現れて、ロディアに待ったをかけた。

俺とイーリ、そしてサフィはミナリーナたちについていかなかった。

ドラクル村を狙われる可能性があると考えたからだ。そして当たっていた。

ロディアを見つけた瞬間に猛ダッシュして、宿屋を燃やそうとする奴を呼び止める。

だが奴の目は俺ではなく、その背後にいる娘に注がれていた。

「おおサフィ！　よく来ました！　さあ続きを行いましょう！　貴女にやりたいことがいっぱいあるのです！」

ロディアはサフィを見て歓喜の声をあげる。

「ひっ……!?」

サフィはガクガクと足を震わせて、かろうじて立てているという状態だ。

それを見たロディアは天に向けて祈り始める。

「ああ！　神よ！　どうかこの罪深き吸血鬼をお許しください！　彼女は私の裁きを受け

ることで懺悔しますので！」

「なんて言い草だ。自分が神にでもなったつもりか？」

俺の言葉に対して、ロディアはニッコリと微笑むと。

「ははは。私は神ではありません。神の代行者ですよ。神を僭称する愚か者とは違います」

何が違うのか全く理解できないが、この男の中では別物なのだろう。

「同じようなものだろうが……まあいい。ひとつだけ聞いておきたい。お前は村人を殺すつもりか？」

俺は吸血鬼狩り自体が悪いこととは思っていない。

この村の吸血鬼はともかくとして、他の場所の吸血鬼は人を襲う。

吸血鬼狩りが吸血鬼を狩るのを、悪いと断ずることはできない。

なのでこいつが責務を全うしに来ただけ、つまりは村人を助けに来たのかという確認はしておきたい。

その答え次第で、こいつへの対応を変える必要がある。

ロディアは再び俺にニコリと微笑むと。

「いえいえ、私は人を殺しません。私が殺すのは闇の者ですよ？　村の人たちは吸血鬼になっている疑惑があるので、私なりの試練で試しますが」

「沸騰させた聖水をかけて、肌が爛れたら吸血鬼と？　それは理不尽過ぎないか？」

「理不尽などとは失礼な。私はちゃんと聖なる力で生き残るかを試すだけです。この私の聖なる力でね」

ロディアはまるで翼のような柄の剣を、天に掲げて見せびらかす。

すると周囲の真っ暗だった夜闇が照らされていき、人の目でも周囲が見えるくらいの明るさになる。

「ひっ……」

サフィが俺の背中に隠れた。

「し、信じられない聖力を内包してます……あんなの人に使ったら……」

サフィは声を震わせながら呟く。かなりの怯えようだ。

聖剣とまで言われるその力は伊達ではないのか。

「ははは、これは聖なる力です。ならばこの力で死ぬ者は闇でしょう？」

「闇の者でなくても熱で焼け死ぬんじゃないか？」

「これは異なことを！　悪しき者だからこそ、聖魔法で死ぬのですよ！」

そしてロディアは次にイーリの方に視線を向けた。

「おお幼き少女よ！　その魔眼……素晴らしいぃ！　闇に堕ちた貴女ではなくて、私が持つべき代物だ！　その眼球を引き剝がすことで、貴女の罪は軽くなると天も仰せだ！」

「リュウト、こいつヤバイ」

イーリも俺のそばまで駆け寄ってくる。

「ああ素晴らしい！　今日は豊作ですね！　それで貴方はさっさと消えていただけますかね？」

ロディアはニタリと微笑んで俺を見つめてくる。これは想像以上に……。

「うわ気持ち悪い……鳥肌が立つ」

「神の代行者たる私に視線を向けられれば、闇の者は震えあがっても当然でしょう」

「違う。純粋にお前の言動と存在が気持ち悪いんだよ……！　こんな奴にしばらく捕まってたら、サフィもトラウマになるわけだ……！」

「おおサフィ！　やはりサフィは私の裁きによって心に聖傷を！　素晴らしい！　彼女の罪が軽くなっていく証左でありましょうや！　その傷が重くなるほど彼女は救われて……！」

天に祈り始めようとするロディア。

こいつ、いまなんて言った？　サフィのトラウマが聖傷？

無理やり吸血鬼にされて、人なら死んでいるだろう拷問を受けて得た心の傷が？

……俺はいつの間にか地面に足を叩きつけて、地表に地割れを引き起こしていた。

「…………おい。手前勝手なことを言うのもいいかげんにしろよ。サフィはすごく苦しんでるのにそれを聖傷だと？　彼女を馬鹿にするのも大概にしろ」

「ひっ……！」

サフィが俺の様子に怯えて、少し離れてしまった。

俺もいつもよりも声が冷たくなっている自覚はある。

ロディアはなにか感じ取ったのか、わずかに狼狽しながら笑い始める。

「ははは、馬鹿になどしておりませぬ。しかし貴方もどうやら特級の吸血鬼のようだ！　ならばこの銀聖剣のつゆとする価値がある！」

「ちょうどいい。俺もお前と問答するのはイライラしてたからな……というかお前のその驕り、へし折ってやりたくてしょうがない」

ロディアが銀剣を構えたので、俺は挑発するように手をクイクイと動かした。

もうこいつとの問答はたくさんだ。

「自称天の裁きとやらが俺に通用するか試してみろ。それで通用しないならお前は神の代行者でもなんでもない」


ロディアはリュウトの挑発に対して、腹を抱えて笑い始めた。

「く、くくくくくっ！　おおなんという愚かな吸血鬼か！　ええ！　素晴らしい！　それほどまでに聖なる力で消えたいと！　その茹だった頭を沸騰を越えて蒸発させてさしあげましょう！」

笑いながら銀翼の天神剣を鞘に戻し、抜刀の構えを見せるロディア。

「なんだ？　ご自慢の剣をわざわざしまうのか？」

「太陽とは隠れるからこそ、再び姿を現した時により輝くのです。失礼、陽を見れぬ者には分かりませんでしょうね」

「……つまりは鞘が充電器みたいなものか。なん、聖剣とまでうたわれるわりに、チャージ必須とかしょぼいな。サフィ、危ないから少し離れてろ」

リュウトはサフィを少し遠ざけながら軽口を叩き、ロディアは大きく口を歪ませて笑った。

「ふふふ、死に際の無礼くらいは大目に見てあげましょう」

「それは助かる。じゃあ俺も同じようにしようじゃないか」

「それが遺言でよろしいので？　そろそろ終わりにしましょう。我が裁き、一撃でも回避できれば褒めてさしあげますよ」

狂気の笑みを浮かべてニヤリとするロディア。対してリュウトは腕を組んで、その場で動かぬと言わんばかりに両足に力を入れた。

「なにを勘違いしてるんだ？　俺は避けるつもりはない」

「自らの死に際を感じて醜悪な生にしがみつきはしないと?」

「違う。その程度の貧弱な力、避けるに値しないだけだ」

ロディアはわずかに首をかしげたあと、いっそう笑みを深めて剣を握る手により力を入れた。彼は内心、激怒していた。

吸血鬼ごときが虚勢であろうと自らの力を馬鹿にしたことに。

「む、無茶です……! あの銀剣の力はあまりに強すぎます! いくらリュウトさんでも下手に受けない方が……」

「死んだら骨は埋める」

サフィはリュウトの態度に驚きを隠せておらず、イーリは親指を立てた。

ロディアの性格はともかくとして、銀翼の天神剣の力は間違いなく本物だ。

闇に対する特攻兵器。闇の者であるならば、その聖なる力を受けて無傷はあり得ない。そこに例外はないと断言できるほどに。

「遺言はそれだけですか。では裁きを受けなさい。己の愚かさを悔いて、いやその時間もないでしょう。我が裁きは強すぎるがゆえに一瞬……はあっ!」

銀翼の天神剣が勢いよく鞘から抜刀された。その鋭い斬撃はもはや聖魔法にあるまじき熱量を持って、リュウトへと襲い掛かる。

可視化された光の斬撃、だがリュウトは身じろぎもしない。

その表情に怯えもなく、ただ迫って来る光波を見つめていた。そして光は直撃して、リュウトの体を通り過ぎて行く。

吸血鬼だろうが人間だろうが致命の一撃。だが……彼は微動だにせず、そしてその体にもまるで損害はない。

無傷で佇む吸血鬼の姿を見て、ロディアはこんどこそ困惑のあまり首をかしげた。

「……はて？　おっと、どうやら外してしまったようですね。神の代行者といえどもミスくらいはしますか」

吸血鬼に己の聖魔法が効かぬはずがない。ロディアはその考えが前提であるがゆえに、目の前の事実に理解が及ばなかった。

彼自身が理解できる範囲内、つまり攻撃が外れたと置き換えたのだ。

「……あ、あれ？　いま、当たりましたよね……？」

「そういえば吸血鬼って死んだら骨残るの？」

少し離れて見守っているサフィもこの状況に困惑している。イーリはいつも通りにマイペースだ。

「な、なんだいまの光は!?」

「何て強力な聖魔法……!?　ロディア様がやったんだ！」

そしてこの戦場から離れた場所で、吸血鬼狩りたちの歓喜の声が聞こえてくる。

ロディアの聖魔法は間違いなく強力であった。遠く離れていてもその光が見えるくらいに。

誰もが現状を飲み込めない中で、リュウトはゆっくりと一歩を踏み出した。

「さっき俺が言ったことを覚えているか？　通用しないなら、お前は……」

「偶然外れたことを自慢にするとは！　なんとあさましい吸血鬼か！　今度は外しません！　おお！　天の裁きを！」

ロディアは再び銀翼の天神剣を鞘に戻すと、今度は目を閉じてブツブツと詠唱を始める。彼自身の聖魔法も加えた一撃を放つつもりなのだ。

これは普段のロディアならばあり得ないことだった。彼は腐っても歴戦の戦士であり、敵を目の前にして隙だらけの呪文など扱わない。

性格は腐っていても、その戦闘力には文句の付け所がない男が、動揺のあまりに己を見失っていた。

「聖なる陽よ！　我に仇なす敵に射せ！　その微笑をもって闇を祓い、雲上でさえかすまぬ御力を示したまえ！　我が清き請願、何卒聞き届けたまえ！　過剰なる力をもって邪悪を滅す！」

ロディアは血走った目でリュウトを睨んだあと、剣の柄を自分の握力の限り握りしめる。

自分の限界を超えるかのような力の出し方に、手がきしんで悲鳴をあげているのに気づいてもいない。

彼にとっていまは火事場なのだ。己が神の代行者であることを疑う輩(やから)を、全身全霊全力をもって叩き潰さねばならぬと。

銀翼の天神剣の鞘に光が集結していく。その攻撃前の収束の余波の近くにいただけで、高位の吸血鬼すら蒸発しかねないほどに。

「……っ」

その証左としてサフィはグラリと力を失って倒れそうになる。だが彼女はなんとか耐えてこの戦いの結末を見届けようとしていた。

ロディアの右腕に力が入り、力の限りをもって銀翼の天神剣を鞘から引き抜こうとする瞬間だった。

「おい神の代行者、次の攻撃が効かなかったらどうする？」

「かかかかかかっ！　我が力に恐れをなしましたか！　ですがもう遅い！　私を本気にさせたことを後悔しなさい！　懺悔なさい！」

「はぁ……ならもう外したと言い訳できないようにしてやるよ」

リュウトはため息と同時に跳躍して、ロディアのすぐ近くまで瞬時に移動した。その距離はわずか二メートルほど。熟練の戦士であればこの距離で動かぬ的に、攻撃を外すなどあり得ない。

「自ら首を差し出すとはよい心意気です！　極光よ、暗き闇を掻（か）き祓え！　過聖砲凱（ホーリーヴェレスト）！」

先ほどの攻撃すら超える聖魔法。もはや斬撃といった規模ではない、家をも超えるような太い光線が剣から放たれてリュウトを飲み込む。

そしてリュウトを通り過ぎて後方の大地を削っていく。膨大過ぎる光量はもはや物理的な力を持っていた。

まさに聖魔法による大口径のレーザーと評するに相応（ふさわ）しく、人だろうが吸血鬼だろうがこの光の奔流（ほんりゅう）で生きられるとは思えない。

さらに怒りによって神が裁きを下すかのように、聖魔法の光線はまだ放出され続ける。

「私が！　私こそがっ！　神の代行者！　闇を祓いし正義の使徒！　もはや何者も私に逆らえば罪ぃ！　我が眼前に立ちふさがるは死ぃ！」

光を放ち続ける剣を持ちながら、その光景を見て高らかに笑うロディア。

そしてとうとう光の奔流が消えて、過剰な聖力が失（う）せていく。そして彼は目を疑った。

「ば、バカな……！」

神の代行者を名乗った彼にとって不幸があったとすれば、計算外があったとすれば、暴力的な光の奔流の中でなお体を保った男がいたことだろうか。

「おいエセ神の代行者。今度はどう言い訳するつもりだ？」

服装の一部が少し焦げた程度で無傷のリュウトは、ロディアをあざ笑うように睨んだ。

「ば、馬鹿な……バカな、ばかなばかなばかなぁ!?」

ロディアは瞬時に距離を取ったあと、自分と戦っている吸血鬼の存在に激高していた。

彼は自分を全能とまで思い込んでいたゆえに、必殺を込めて放った聖魔法が耐えられたことを己の中で理解しきれていない。

「あり得ぬ! これはなんの間違いか! 闇の者め! どんな手品を使ったか!?」

「手品もなにも普通に受けて平気だっただけだが?」

「ほざくなあああぁぁぁぁぁぁぁ!」

絶叫するロディアに対して、リュウトは挑発するように笑った。

銀翼の天神剣は間違いなく最上級の聖剣だ。その性能に疑いの余地はなく、闇の者に対しての切り札となり得る武器。

しかも強力過ぎる聖魔法の熱は、闇属性でない者をも焦がす。

だがやはり聖剣なのだ。銀翼の天神剣の力は、闇の者を相手にしてこそ真価を発揮する。

逆に言うと相手が闇属性でない場合は、人を焼き焦がす程度の力しか持たない。

ようは闇の者以外を相手にするならば、その極光も炎の性質と変わらない。

リュウトに聖魔法は効果がない。であれば銀翼の天神剣は、炎を放つ魔剣の類いの劣化品だった。

そして吸血鬼の丈夫な体であれば、炎の魔剣程度では致命傷を与えることは難しい。

「さてと、そろそろ終わりにしようぜ。そのご自慢の剣が大したことないと証明してやるよ」

リュウトは右手で手刀を作って、自分の左腕を肩辺りから切り落とした。ボトリと落ちた腕を右手で拾う。左腕はすでに再生して元通りになっている。

彼は切り落とした腕を剣のように素振りしたあと、両手で持ってロディに対して構えた。

「これがほんとの片手剣ってな」

「しょうもな」

少し離れた場所でイーリがツッコみ、リュウトはわずかに顔をしょんぼりとさせる。

「貴様ぁぁぁぁ！　この私を愚弄しているのかぁ！！！！！」

ロディアはその態度に激高した。銀翼の天神剣を前にして、自分の腕を持つふざけた男に。リュウトはその怒りに対して馬鹿にするように。

「愚弄しているのか、じゃない。愚弄してるんだよ。徹頭徹尾、馬鹿にも分かるくらい分かりやすく馬鹿にしてるんだが？」

「こ、この神の代行者たる私をぉぉぉ！　貴様はもはや楽に死ねぬと知れ！　神は貴様に裁きを下すと仰せに！」

「御託も神託もいいからさっさと来い。その銀剣が俺の腕にすら負けると教えてやる」

「ほざくなあああぁぁぁぁぁぁ！」

リュウトが片手剣を、ロディアが銀翼の天神剣をそれぞれ振りかぶって肉薄する。

片手剣が死後硬直のようにピンと伸びて、銀翼の天神剣が強力な聖魔法で剣身をコーティングする。そして互いの剣がぶつかりあった。

勝敗は一瞬で決まった。折れたのだ、銀翼の天神剣がポキリと。

剣に内包されていた極光が、天に還るかのように光の柱となって空へと打ちあがる。

その輝きはまるで聖剣の断末魔のように、周囲を真昼のように明るくした。

「…………は？」

ロディアは根本からへし折れた剣身を見て、言葉を失って呆（ほう）けている。折れた剣身は地面に無様に堕ちて、すでに光を失っていた。

リュウトは片手剣を少し振り回したあとに。

「いや随分とすごい聖剣だな。流石（さすが）は神の代行者の武器、お前にお似合いだぞ」

明らかに分かり切った挑発。だがロディアの心をへし折るには十分すぎた。

「あ、あああぁぁぁぁぁ!?　わ、私の！　私の神の力がああぁぁぁぁぁ!?　い、いやだぁ！　しゅ、修理、修理すればぁ!?」

ロディアは折れた剣身を拾い上げると、もはやリュウトのことなど気にもせずに逃げ去っていく。その姿は哀れと言う他なく、彼は聖剣と共に自分の心までへし折られてしまったのだ。

「捕らえたりしないの？」

イーリがリュウトのもとまでやってくる。だがリュウトはとある方向、さっきまでサフィがいた場所を眺めていた。

「いや、ここからは俺の仕事じゃない」

リュウトは遠目に見ていたサフィに視線を向け、見守ることにした。


私は怖い。ロディアさんが怖い。

確かに彼は負けたが、それはただリュウトさんが強すぎただけ。

ロディアさんは私より強くて、恐ろしい人だ。

このままリュウトさんが殺してくれたら……そう思った瞬間、リュウトさんは私に視線を向けてきた。

それはまるで、私への問いかけのようだった。

（そうか。ここがたぶん分水嶺（ぶんすいれい）なんだ……いまのロディアさんの前に立てないなら……）

きっと私は、ロディアさんに一生怯えて生きることになるだろう。

いまがきっとロディアさんが生涯でもっとも弱く矮小（わいしょう）な時だ。

そんな彼を前にしてさえ立ち向かえないなら、もう私は彼を乗り越えることなんてできない。

「ひ、ひいっ！　急げ！　まだ聖剣は生きているぅ！　すぐに直せば直るぅ！」

ロディアさんは折れた剣身を両手で宝のように持って、おそらく街に向かって走っていた。だが足が空回っていてかなり遅い。

いまなら追い付ける。だけど足が動かない、怖くて震えている。

もういいんじゃないかな、私は頑張った。でもロディアさんは怖いままだ。

このままリュウトさんがあの人を殺してくれたら、私はもう害されることはない……。

リュウトさんも吸血鬼さんも村人さんも優しいから、私が吸血鬼としての力を出せなくてもきっと面倒を見てくれる。

――優しい人や吸血鬼さんたちに、ずっと迷惑をかけながら生きていくことになる。

ダメ、それはダメ。ここで勇気を出せなくて、自分が野垂れ死ぬのは自業自得だとしても……他の皆に迷惑はダメ！

それに私なんかのために、リュウトさんは力を貸し続けてくれた。

なにもまともにできない役立たずの私を、ずっと村で面倒を見続けてくれた。

すぐ意識を失う私なんかのために、何度も訓練に付き合ってくれた。

そしていま、リュウトさんは黙ってるけど……彼は私のために、この状況を作り出してくれた。

ここで私がなにもしないなんて、それこそ他者のことを顧みない……目の前のロディアさんと同じになる！

気づくと私の足は動いていた。遅いロディアさんを軽く追い抜いて、彼の前に立ちふさがった。

「おお！　サフィではありませんか！　私の裁きを受けに来たのですね！」

ロディアさんは私を見て、嬉々とした笑みを向けてくる。

「…………っ」

怖い。ロディアさんはこの笑みで、私を好き放題にいたぶってきた。

脳裏に拷問を受けた時のことを思い浮かべてしまった。胃からなにかが逆流してきそうで、でも……逃げてしまわないように足を踏ん張る。

逃げたい、でも逃げたくない。いや違う、したいかしたくないかを考えるんじゃない。決めないとダメなんだ。

「私は……」

声が震える、だけど。必死に、自分に、言い聞かせる。

「ふふふ、分かりますよ！　私が怖いのでしょう！　さあ早く来なさい！　さもなくばまた痛い目に遭わせますよ！」

ロディアさんが私に叫び、思わず目を逸らしてしまいそうになる。

だけどその時だった。

「サフィ。安心しろ、なにかあったら俺が守ってやる」

リュウトさんが、私の肩に手を置いてくれた。

少しだけ震えがおさまったと同時に頭によぎった……私はどれだけ、この方に手間をかけさせているのだろう。

そうだ、私は言わなければならない。自分のことでしかないけど、きっとそれが一番の……。

「私はもう……貴方のことなんて、怖がら、ない……！」

——村の皆への恩返しになるから。

「は、ははは？　なにを言っているのです？」

ロディアさんは聖剣のことを忘れたかのように、私へと手を伸ばしている。

あれ？　なんでこの人は、聖剣が折れたのにこんなに強気なんだろう？

リュウトさんという脅威を目の前にして、なんで私にこんなに話しかけてきてるの？

少し考えてみると……ロディアさんは現状を認めたくないから、弱い私を脅して自我を保とうとしている？

ああそうか、それなら……この人も……大した人間ではないんだ。

「サフィ！　なにを黙っているのです！」

ロディアがなにか騒いでいる。いつの間にか、体の震えは完全におさまっていた。

「サフィ、もう大丈夫か？」

隣にいたリュウトさんに頷（うなず）くと、彼は私の肩から手を離した。

あとは私一人でやれということなんだろう。

「サフィは、貴方のことが怖かったです。でももう、怖くありません」

目の前にいる人は、決して恐ろしい怪物ではない。

そこらにいる人より少し強いだけの存在、だからもう怖くない。

「な、なにを！　どうやらまた調教が必要なようですね!?」

ロディアは銀翼の天神剣の剣身を慎重に地面に置いてから、左腰につけていた銀鞭（むち）を手に取る。

あれは私の拷問に使った道具だ。でもあの時とは違う。

「おお！　我が裁きを受けよ！」

ロディアは鞭を振るって私に叩きつけようとする。だけどすごく遅い。

鞭はすごくゆっくり迫って来るので簡単に避けられる。

地面を蹴って後ろに下がると、かなり遅れて鞭が私のいた場所を叩いた。

私はロディアを睨む。

「サフィ、分かりました」

「己の罪深さをですか！」

「吸血鬼の力はすごいということを。そして貴方が……いまはすごく怯えていることも」

ロディアがもし本調子なら、私では勝てなかったかもしれない。

でもいまのあの人はすごく弱くて怯えている。怯えていたら弱いのは……私が一番よく知っている！

私は牙を剝いた。ロディアはわずかに狼狽して一歩下がる。

「ば、バカな!? 私が吸血鬼に怯える!? そんなこと、あってたまるかぁ！」

「いきます！」

「く、来るなっ！ 来るなぁ！」

ロディアは鞭を滅茶苦茶に振るって、私を近づけないようにする。だがいままで浮かべていた笑みはそこにはない。

きっとこの人は、本来ならもっと強いのだろう。だけどこの人はいま……弱い。

「すぅ……やあああああぁぁぁぁぁぁ!!」

私は鞭を浴びるのを覚悟して、肩からロディに突進する。戦闘技量ではやはりこの人には敵わない。

鞭を華麗に回避しながら、ロディアに一撃を当てるのは難しい。なら……力でゴリ押せばいいはず！

私の体が銀鞭によって何度も叩かれる。だがしょせんは銀鞭だ、それだけでは私を……吸血鬼を倒すにはいたらない！

「ごはあっ!?」

私の体当たりが、ロディアを吹き飛ばした。

「がっ……ばか、なっ……」

彼は立ち上がろうとするができない。吸血鬼の全力の体当たりは、生身の人間が受けるには強烈過ぎる。きっと骨が折れてるんじゃないかな。

「かはっ、わ、たし、神の代行者でっ！」

私は倒れたロディアにゆっくりと近づいていき、彼のそばでしゃがみこむと。

「じゃあ……いただきます」

口を開いてロディアの肩口に顔を近づけていく。

「や、やめなさい！　貴女は自分が何をしているか分かっているのですか!?　私はロディア！　神の代行者！　吸血鬼風情に吸われていいわけ……ああぁぁぁぁぁぁぁ!?!?」

私は肩口に噛みついて血を吸っていく。

美味しくはない、でも心地よかった。まるで失ったナニカを吸い戻しているようで。

数分の間、私は血を吸い続けたあとにようやく口を離した。

「……ごちそうさまでした」

ロディアはすでに干からびている。私は口元に流れた血を拭きながら、ほのかに笑っているのに気づいた。

第8章

吸血鬼、村の問題が解決する

サフィがロディアを倒した少し前。

吸血鬼と吸血鬼狩りの戦いは、ほぼ終わりを迎えていた。

「これで終わりですわ！」

「ごふっ……」

ミナリーナが吸血鬼狩りの一人をビンタで倒した。

「さて、あとは貴方(あなた)一人ですわね」

すでに立っている吸血鬼狩りの男は一人だけだ。対してドラクル村は吸血鬼四十人にスズメバチ、ミナリーナと全員残っている。

「降伏するなら優しくぶっ飛ばしますわよ。しないなら吹き飛ばしますわ」

「なにか違うのそれ……」

「飛ぶ距離が違いますわ」

アリエスのツッコミにミナリーナは軽く返す。

もはや勝ちを確信していての軽口だ。それに吸血鬼狩りは、クスクスと笑って返した。

「ククク……まだ勝ち誇るには早いのではないでしょうか？　私はまだ立っていますよ？」

男の出した声は、女性のそれだった。

男にしては高いというレベルではなく、完全に女性の声。

そしてその声を聞いた瞬間、アリエスの顔が変わった。

「ま、待って……その声……まさか！」

「おっと、貴女は気づくのですか。ならもう変身している意味もありませんね」

吸血鬼狩りの男の姿が変貌していく。

革鎧の軽装備だった男から、白いドレスを纏って銀色の髪をツインテールに結ぶ少女へと。

そしてなにより彼女の口元には、鋭利な牙が生えていた。

「さ、サイディール……！」

アリエスが顔を歪めて睨んだ。

「あら、吸血鬼でしたの？　吸血鬼狩りに変身なんて、相当趣味が悪いですわね。同族とは思えませんわ」

対してミナリーナは呆れたような声を出す。

「ふふふ。貴女は不快ですね、死になさい」

するとサイディールはミナリーナに右手の掌を向ける。

「死になさい？　吸血鬼同士で争っても無駄なのは分かっているでしょう？」

「もちろん。だから死になさい。聖なる陽よ、闇を祓え」

サイディールがそう呟いた瞬間、彼女の掌から極光が出現してミナリーナを襲う。

間一髪のところでミナリーナはそれを回避したが、スカートの一部が引っかかって蒸発している。

「……どういうことですの？」

「私が吸血鬼じゃないってことですよ」

ミナリーナの問いに対して、サイディールは余裕の笑みを見せた。

「貴女もリュウトと同じ……!? いえ、自分の放った聖魔法で、自らダメージを受けているようですわね……」

サイディールの右腕は火傷していた。

先ほどの聖魔法で、自分の腕が焼け焦げてしまったのだ。

だがその腕は再生していき、すぐに元通りとなる。

「きゅ、吸血鬼なのに聖魔法を放つ奴が、あいつ以外にいるなんて……！ このっ！ 聖なる陽よ、闇を祓え！」

アリエスもまた聖魔法を放つが、サイディールはそれを回避しない。

光が過ぎ去ったあと、サイディールの体は焼け焦げていた。

だがあまり効いているようには見えず、またすぐに再生して治ってしまう。

「ねえアリエスさん。貴女、なんで吸血鬼の村にいるんですか？ 吸血鬼は貴女の仇なんでしょう？ 殺さないとダメじゃないですか？」

「お前がそれを言うな！　聖なる陽よ、闇を祓え！」

アリエスは怒りに任せて聖魔法を連射する。

だが今度はサイディールは軽く避けて、反撃とばかりにアリエスに同じ魔法を放つ。

「!?　あつっ……!?」

アリエスは避けきれずに光に呑まれ、地面をのたうち回った。

熱によって髪が少し焦げている。

「おやおや。吸血鬼狩りが聖魔法で焼かれるなど、面白い光景と思いませんか？」

「このっ……！」

「なるほど。貴女の正体、なんとなく予想がつきましたわ」

ミナリーナは冷静にサイディールを見つめていた。

「……ほう。お聞きしても？」

サイディールが目を細める中、ミナリーナはさらに言葉を続ける。

「吸血鬼でありながら聖魔法を放ち、そしてその体は焼け焦げる。つまり人と吸血鬼の中間のようなモノ……貴女、吸血鬼と人間のハーフでは？　聞いたことがありますわ、そういった存在が生まれる可能性があると。おとぎ話みたいなものと思ってましたが」

「……ククク、どうでしょうね。しかしまあ……やはり貴女には死んでもらいましょうか」

「!?」

サイディールの姿が瞬時に消えて、いつの間にかミナリーナの胸倉を掴んでいる。

先ほどまでより遥かに速く、ミナリーナは完全に虚を衝かれていた。

「聖なる陽よ、闇を祓え」

サイディールは聖魔法を放つが、その直前にミナリーナの姿が無数のコウモリへと分裂する。コウモリたちは聖魔法を避けたあと、少し離れた場所で集まってミナリーナへと戻る。

「小賢しい手を使いますね。それが特級吸血鬼の姿ですか」

「特級などは吸血鬼狩りギルドが勝手に言ってるだけですわ。それよりも貴女こそ吸血鬼の混ざり者のくせに、吸血鬼の戦い方を熟知していないのでは？　吸血鬼同士の戦いで、相手を掴んだりしませんわ。無駄すぎて」

吸血鬼は変身魔法を扱えるので、普通に掴んだところで逃げられる。

以前にリュウトがベアードに行った時も同様だった。広範囲聖魔法でゴリ押ししただけで。

人間は己の弱点を知り、戦う時は急所を狙う。ならば吸血鬼が自分の強みと弱みを知っているのも当然の話だ。

吸血鬼ならばあの場面では相手を掴まずに、不意打ちで聖魔法を放った方がいいと理解できるはずだ。

（人と吸血鬼の混ざり者でも、聖魔法が効いてはいましたわね。ならおそらく変身魔法も使えるし、なのにワタクシを摑んだ……もしかして戦い慣れてない？　思ったより若い吸血鬼だったりするのかしら）

ミナリーナは少しばかり腕を組んで考え込む。その間もサイディールから目を離してはいない。

「混ざり者ですか……自殺志願と取ってよろしいですか？」

サイディールは慇懃無礼な笑みを浮かべる。

「あら。貴女は戦う相手を殺さないように気を付けているのですか？　それは随分と甘い考えですわね」

ミナリーナもまた挑発するように返し、サイディールは目を見開いて牙を剝いたが。

ふとドラクル村の方に視線を向けると。

「残念ですが、そろそろ時間切れのようで……」

「隙ありですわね！」

サイディールがわずかに見せた隙に、ミナリーナは襲い掛かった。

ミナリーナの爪がサイディールの服や体を切り裂き、懐に入っていたモノがいくつか地面に落ちる。

「やれやれ……鬱陶しいですねっ！」

サイディールは聖魔法を放ちながら、ミナリーナから距離を取る。

すでに切り裂かれた傷は再生し始めていた。

「ではそろそろ失礼させていただきましょうか。貴女を殺せないのは残念ですが、化け物と相対する趣味はないので」

サイディールは地面に落としたモノを見て少し目を細めたが、背中にコウモリの翼を生やしてふわりと空中に浮いた。

「ま、待ちなさいっ！」

アリエスが殺気を飛ばしながら叫ぶが、サイディールは見下した目を返す。

「アリエスさん、貴女には失望しました。もっと吸血鬼を恨み、吸血鬼狩りを呪い、隣人なき者になっていると期待したのに」

「お前のことはずっと恨み続けてるわよ！　聖なる陽よ、闇を祓え！」

アリエスが聖魔法の光を撃つが、空を飛んでいるサイディールはヒラリと避ける。

「本当に残念です。とんだ無駄足でしたね……サフィも人や吸血鬼を恨まなそうですし。まあロディアは死んだのでよしとしますか」

「あら。ロディアも一応は同じ吸血鬼狩りの仲間ではありませんの？」

「面白くもない冗談ですね。私に仲間など誰もいませんよ。では失礼しましょう。紫光殿、貴女の方法で逃げさせていただきますよ」

サイディールはそう呟くと、無数のコウモリとなって四方八方へ散っていった。

「あぁっ!? 待てっ！　このっ……聖なる陽よ、闇を祓え！」

アリエスは聖魔法を連射するが、コウモリたちは散り散りに空へと消えていく。

「無駄ですわよ。逃げに徹した吸血鬼を追うのが困難なのは、貴女が一番知っているでしょう？」

「うるさい！　あいつだけは……！」

だがすでにコウモリは一匹残らず姿を消していた。

流石に追うこともできないアリエスは、最後にやけくそ気味に空に向けて聖魔法を撃ったあと。

「くそっ……！　せっかくサイディールを見つけたのにっ……！」

怒りに任せて地面を踏み鳴らす。

「落ち着きなさい。貴女がなんでそこまで必死なのかは分かりませんが。アレは貴女に執着も持ってましたし、ワタクシに怒りを覚えたのでまた襲ってくるかもですわ」

「………まだマシと考えるしかないか」

アリエスは怒りをにじませた声で呟く。

それを見ながらミナリーナは、サイディールが落としたモノを確認する。

羽根ペン、そして三枚ほどの紙きれだ。風で吹き飛ばされそうになったのを、ミナリーナは急いで回収する。

（紙きれ……なにか書いてますわね）

ミナリーナが紙を確認すると、名前の一覧らしきものが書かれていた。

『アリエス　仲間候補』、『サフィ　仲間候補』、『ロディア　処刑対象』などの知っている名前もある。

「ミナリーナ、なにか書かれてるの!?　あいつの居場所の手がかりとか!?」

「アリエス。貴女、サイディールに仲間候補と思われているみたいですわよ」

「はぁ!?　ありえないわよ！　あいつは仇よ!?　ふざけて……！」

アリエスは顔を真っ赤にして激怒する。

ミナリーナがさらに紙を見ていくと、『リュウト　敵対者』、『ミナリーナ　立ち位置不明』なども書かれている。

「ワタクシの立ち位置不明……この紙は気になる人物のメモっぽいですわね。特に重要な情報は書かれておりませんわ」

「なんでメモなんて取ってるのよ!?　あんな奴が！」

「案外几帳面な性格なんですわね」

ミナリーナは他の紙も確認するが、同じように名前と備考が書かれているだけ。

それに名前も知らない者な上に、備考箇所が線で消されて『抹消済み』と変えられている者が多い。

（ようは興味のある者リストですわね。あとは知り合いも特にいなそうですが……）

ミナリーナは念のためと最後まで目を通すと、見知った名前があることに気づき……。

「なっ⁉」

「ミナリーナ？　どうかしたの⁉　なにか手がかりが⁉」

「い、いやなんでもありませんわ‼　これはワタクシが預かっておきますわね！」

ミナリーナは焦りながら胸元に紙をしまう。それを見てアリエスは詰め寄った。

「ちょっとミナリーナ⁉　それは私にとっても重要な……！」

「大丈夫ですわ！　大したことは書かれておりませんから‼　そういうわけでワタクシはちょっと失礼しますわね！」

ミナリーナはそう告げると、背中に翼を生やして空へと逃げる。

下からアリエスの声が聞こえるが、いまのミナリーナにはそれどころではなかった。

「な、な、なんで……」

ミナリーナは再度胸元から紙を取り出すと、その一か所を食い入るように見続ける。

そこに書かれていたのは。

――『シェザード　殺すべき父親』

「なんで……シェザードの名前があるのですわ⁉　しかも父親⁉　もしかして人間の女性

との子供がいましたの!?」

シェザードはリュウトの体の元の所有者にして、人間の女性と不幸に引き裂かれた者。

だが、だからこそ……。

「あいつ、娘が生まれてたんですの!? 一言も聞いてませんわよ!? 吸血鬼と人間なんて、そうそう子供できないはずですのに!? こ、これマズイですわ……アリエスの仇が、リュウトの娘ということに!?」

よりにもよってな、最悪の状況が作り出されていた。

「しかもリュウトはそんなこと知らないわけで……ど、どうすればいいんですの!? こんなの……どうすればいいんですのおおおぉぉぉぉぉ!!!!」

ミナリーナの悲鳴が夜空に響くのだった。

ロディアを倒したあと、もうすぐ朝だったので吸血鬼たちは地下に避難した。
そして村人たちを連れて、倒れている吸血鬼狩りの追い剝(は)ぎを行った。
「さあさあ。吸血鬼狩りのモノを回収だ！ あ、食料と金は残してやってくれ。流石に帰れなくなって飢え死にされたら困る」

彼らはまだ気絶していたが、その装備は銀が多くてかなり高価だ。

こいつらは戦いに負けたのだ、命は助けるが装備品くらいは頂くとしよう。

これは流石に正当な権利だろう。

ちなみに村人たちに剝ぎ取らせるのは、吸血鬼たちが活躍した戦果を見せつけるためでもある。

「村長！　しかしこれだけの吸血鬼狩りを、よく倒しましたね！」

「吸血鬼たちが大活躍したからな！　この村を守ったのはあいつらだ！」

「そうですか、吸血鬼たちが……」

「俺たちを守ってくれたのか……しかもこんなに大量のお宝も！」

村人たちは吸血鬼に感謝している。

うん、これが言えてよかった。吸血鬼たちが村の守護者であることを、ただの飯ぐらいではないことを、村人たちも分かってくれただろう。

……俺が吸血鬼狩りを壊滅させて、吸血鬼たちが倒したと嘘をつくこともできた。

だがそれはよくないと思う。嘘とはいずれバレるものだ、ただでさえ信頼関係の薄い者の間でそれは致命的になる。

だから……吸血鬼たちが活躍してくれて本当によかった！

いや正直不安だったんだよ。吸血鬼狩り相手に負けないかなって……。

「村長、この吸血鬼狩りたちは放置でいいんですか？　捕虜にするとかは」

「したら食費がかかる。吸血鬼狩りギルドがこいつらを見捨てた場合、兵糧攻めにされかねないからやめておこう」

吸血鬼たちには捕虜にするために殺すなと言ったが、あれはあくまで殺しをさせないため。

捕虜なんてのは迂闊にとると面倒だ。金銭などで交換できるかも確実ではないので、装備品の剝ぎ取りでとどめておいた方がいい。

我が村は別に食料関係が豊かではないのだから。

「リュウト、よかったね。完璧な結果になって」

俺の隣にいたイーリがそう告げてきた。

「そうだな。少し予想外なことはあったが、理想的な展開になったのは確かだ」

サイディールが現れたと聞いた時は驚いたが、最終的には俺の希望通りの結果になった。

吸血鬼たちの力で外敵を追い払い、村人たちの信用を少しは稼げた。

そしてサフィはロディアを倒して、吸血鬼として生きられるようになったのだから。

「この後はどうするの？」

「ああ、それなら……」

俺は村の少し遠くを見つめる。そこにはガラガラと音を立てながら、走って来る馬車があった。

「祝勝会をしないとな」


俺たちはドラクル村に新しく建てられた酒場にいた。

「どうだぁ！　思い知ったか吸血鬼狩りめ！」

「我らの恐ろしさをなぁ！」

吸血鬼たちは席についてワインを飲んだり、焼いたジャガイモに塩をかけて食べたりしている。

ようは祝宴だ。今回の戦に無事勝てたので、お祝いに飲んでいた。

ワインも塩もアガリナリ氏が運んできてくれたし、吸血鬼狩りの銀で儲かったからな！

「あ、あのリュウト様。我々も飲んでよろしいのですか？　特になにもしていないのですが……」

そして元村長を筆頭に村人も五人ほど、酒場に来てもらっている。

彼らを呼んだ理由は単純で、吸血鬼たちのことを見てもらうためだ。

飲んだくれてる吸血鬼を村の噂で広めてもらって、少し溝が埋まればいいなという狙い。

本当は全員呼びたかったんだけど、酒場に入るのが五十人くらいだったので代表者だけになった。

「いいぞいいぞ、飲め飲め。なんなら吸血鬼と飲み比べしてもいいぞ？」

「い、いえそれは……流石にそんなことをする人はいないのでは……」

俺は返事代わりにとある方向を指さした。そこには。

「くそぉ！　もっと酒を寄越して！」

「うお、この吸血鬼狩りの嬢ちゃん、めちゃくちゃ飲むな!?」

「俺も負けてられねぇ！」

アリエスが顔を真っ赤にして、酒浸りで吸血鬼と飲み比べをしていた。

サイディールが現れたが逃がしたとは聞いているので、完全にやけ酒の類いだなぁ……飲みたくなる気分は分かるので止めづらい。

「もっと欲しいですわ！　ワタクシ、いまは何も考えずに酒におぼれますわ！」

そしてなぜかミナリーナも酒をがぶ飲みしていた。

「おいミナリーナ。村の酒は無尽蔵じゃないからあまり……」

「うるさいですわ！　ワタクシの気も知らないで！」

「あ、はいすみません……」

ミナリーナのあまりの剣幕に押し負けてしまった。

い、いったいなにがあったんだ……？　……戦闘中にハチミツの瓶が割れたとかか？

「リュウト、一緒に飲も」

イーリが寄ってきた。両手にはワインの入った木のグラスを持っている。

「ありがとな。でもお前はまだ酒はダメだろ」

「大丈夫。フグの肝よりは」

「比較対象が酷(ひど)すぎる……」

まあ今日だけはいいとするか……この世界的には、未成年飲酒禁止のルールないらしいし……。


「サフィ、飲んでいるか？」

「は、はい。ベリルーさん」

私はロディアを倒したあと、地下室の棺桶(かんおけ)でずっと寝ていた。

ベリルーさんに起こされるまで目が覚めなかったようです。

いままではあまり眠れなかったけど、これからは大丈夫そう。

「よくやったなサフィ。お前の頑張りがこの結果をもたらした」

ベリルーさんはコウモリ頭で、グラスに口を付ける。

「いえ。私の頑張りよりも、皆さんの協力のおかげです……ごめんなさい」

私がものすごく手伝ってもらって、ロディアを倒せたことくらいは分かっている。

吸血鬼の方々や、リュウトさんのおかげだ。

「そういう時は謝罪よりお礼を言った方がいい。誰もサフィに謝ってほしいわけじゃないからな」

「分かりました、ありがとうございます。ベリルーさんには、拾っていただいたことも含めて」

私がロディアから逃げ出した時、最初に出会った吸血鬼はベリルーさんだ。

ベリルーさんは私を助けてくれて、この村まで連れてきてくれた。

「気にするな。私が好きでやったことだ。できれば君を人間に戻してあげたいが……その術(すべ)は流石にないんだ」

「いえ……それは難しいのは分かってますから。でも……」

吸血鬼が人間に戻るというのは聞いたことがない。

家族のもとには帰りたいけど流石にいまは無理だろう。

でも……かなり難しいことかもしれないけど。

「もしこの村がもっと大きくなって、吸血鬼と人が一緒に住めると広まったら、帰ることができるかもって思ってます」

「ふ、いい考えだ。悪い方に考えるよりもよほどな」

ベリルーさんは干し肉を口に入れた。

実際、リュウトさんならやれるのではないかと思えてきている自分がいる。

リュウトさんはこんな臆病で弱い私に、ロディアを克服させてくれた人だ。

人を力で支配することよりも、人の心を変える方がよっぽど難しい。でもリュウトさんはそれをやってみせてくれた。

なら私以外の人相手でもきっとできる。だって私ですら変えられたのだから。

それとあとは……。

「…………ねえベリルーさん」

「なんだ？」

「リュウトさんって、どんな女性が好みなんでしょう……？」

あの時のリュウトさんのことが、絵本で見て憧れた王子様に見えた。

もう少し仲良くなって……と思っていると、ベリルーさんが苦々しい顔になったような気がした。

「…………サフィ、それは迂闊な言動だったな。後ろを見てみるがいい」

「え？」

振り向くとそこには、激怒した吸血鬼の方たちが……。

「村長め！　サフィをたぶらかしたな！　許すまじ！」

「処すぞ！　許さん！」

「だが待て。村の住人を襲ってはいけないというルールがあるが……！」

「えっ、えっ……!?」

吸血鬼さんたちがすごく大きな声で叫んでる!?

しかも明らかに怒ってる……。

「ふっ。ここは私に任せろ、サフィ」

混乱する私を助けるように、ベリルーさんがウインクしてきた。

よ、よかった。私のせいでリュウトさんに迷惑がかかったら……。

「待てお前たち。確かにここの村人を襲ってはダメと聞いている。だが……村長を襲ってはダメという決まりはない！」

「ベリルーさん!?」

「よし行くぞお前ら！　吸血鬼狩りより倒すべき敵を倒しに！」

「「「「おおおおおお!!!!!!」」」」

吸血鬼さんたちは大声で吠(ほ)えると、リュウトさんの方に突撃していった!?

「村長シネェ！」

「よくも俺たちのサフィを！」

「な、なんだいきなり!?」

「謀反」

「言ってる場合か!?　ええい！」

外に逃げ出すリュウトさん、それを追いかける吸血鬼の皆さん。

「ベリルーさん……」

「ふっ。なに宴には少々大人しすぎると思ったのでな。さてサフィ、ひとつだけ言っておこう。本来なら村長のセリフなのだろうが、あいにくあれではな」

ベリルーさんは軽く咳払いをすると、

「ドラクル村へようこそ、サフィ」

「……はい！」

きっとこれからも大変なことはあるのだろう。

でも私は頑張って吸血鬼として生きていきたい。それとあわよくば……リュウトさんとも仲良くなれたらいいな、って。

サフィ

元人間で、吸血鬼にされて日が浅い少女。
人だった時は血を見るのも嫌いで、元貴族の娘でもあったため、固い棺桶の中で眠ることが慣れないなど、本来の吸血鬼像とは真反対な可哀想ドラキュリーナである。
だが吸血鬼としての才能自体は結構高く、本人には自覚がない。
美しく、加護欲を感じさせる容姿言動で吸血鬼サーの姫になっているが本人はただ「皆すごく優しい人」と思っている天然さん。

ドラクル村に住む元気な少女で、リュウトとの交流をきっかけに村にいる吸血鬼たちへの嫌悪はない。
イーリとはわりと仲良しで、孤児の彼女にも偏見なく接している。
また、リュウトの眷属であるコロランたちに自主的にエサをあげるなど仲もよく、優しくて面倒見がいい。
吸血鬼たちによると、村ではイーリの次に血が美味しいらしい。

モグラン・コロラン・ガン

リュウトの眷属にして、イーリ命名『日陰者ズ』。

リュウトとの眷属契約で日中も活動できるため、村の農作業などの手伝いもしている。そのため、村人からの評判もよく、愛くるしい見た目もあいまって人気だったりもする。

メルはエサをくれたりと面倒も見てもらえているため、リュウトの次に大事な人として認定いる。

ちなみに村人たちには『眷属ズ』と呼ばれており、自分たち命名のチーム名『栄光輝く眷属』呼ばれるのは先が長そうだ。

ベリルーと吸血鬼たち

ランクは下級と中級ばかりでそこまで強くはなく、吸血鬼狩りの脅威から逃げるため、3食家付きのドラクル村に移住してきた吸血鬼たち。イーリ、アリエスに言いくるめられる様子を見ていても話せばわかるメンバーが多いがやや感情で暴走しがちな部分は否めない。

そんな彼らを完璧にまとめているのがベリルー。なぜかずっとコウモリ頭だが、見た目に反して吸血鬼たちを諌めたり、要望を整理してリュウトに報告したりと、かなり活躍している。「コウモリ頭でさえなければ完璧だった」イーリ談。

ロディア

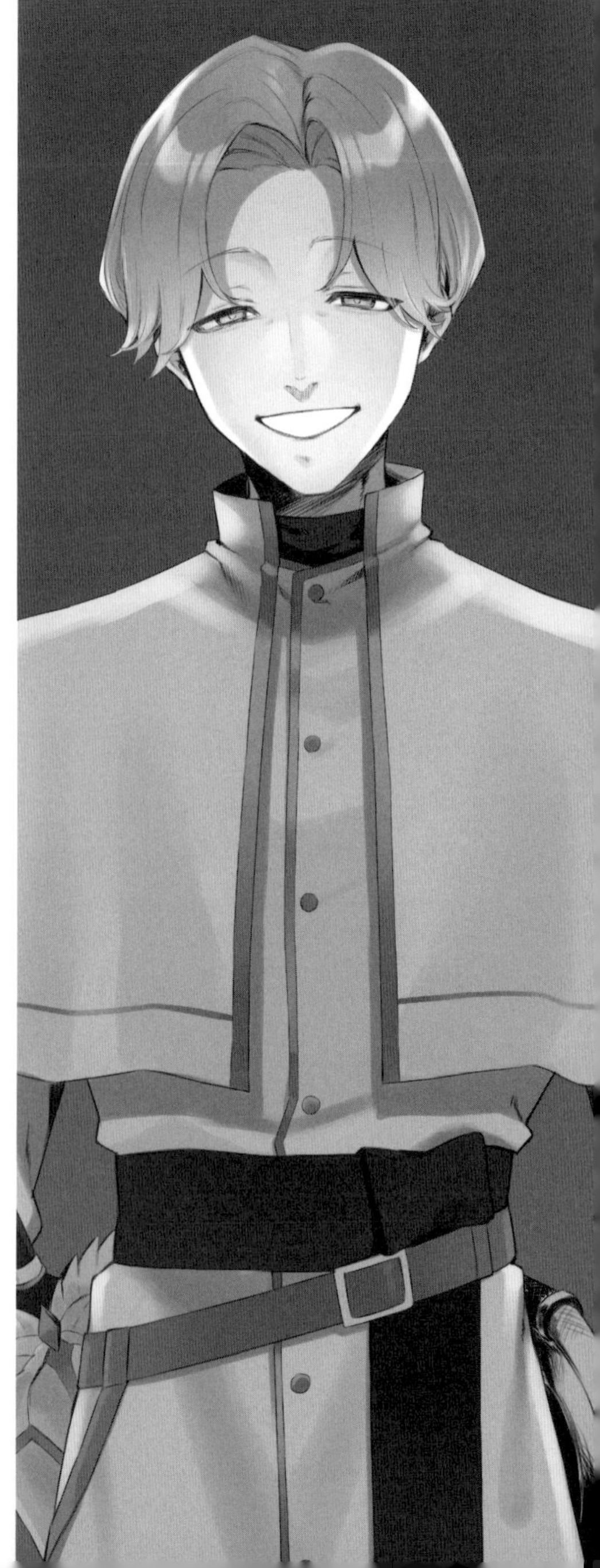

元・優れた傭兵で、現・聖職者。
戦場で人を多く殺めた懺悔に聖職者になった。という話は表向きで、実際は吸血鬼が相手ならばどんなことをしても罰せられないというのを知り吸血鬼狩りになった性格破綻者。
人を虐げて殺すということを至高としており、精神面で屈服させること快楽としている。ちなみに神父服を着ているのは、相手を油断させるため。
吸血鬼狩りは聖魔法に頼る者が多く、剣技が疎かな者が多いが、元傭兵のため剣技も強い。

あとがき

二巻を手に取っていただきありがとうございます。著者の純クロンです。

二巻は一巻よりもさらにWEB版に変更を加えて、ほとんど別物になったと思っております。

2巻では移住してきた吸血鬼たちをメインに、変身能力に注目した話を書いており、だいぶ好き放題しました。

WEBから読んでいただいている読者さんにはわかりと思いますが、最後に書籍版の完全オリジナル設定をぶち込むなど、やりたい放題もした気がします。楽しかったです！

基本的に身体が大きな者が蹂躙するのを書くのが好きなのですが、ちょっと性格に難があるかもしれません。

性格で難といえば、猛毒のフグの肝はどんな味がするのでしょうね。死ぬから食べられないですが、だからこそ気になってしまいます。

押したらダメと言われると押したくなったり、熱されたフライパンをつい触ってみたくなる。そんなちょっぴり刺激を感じたい衝動があります。まぁ、現実では「ダメ絶対」ものなので作品のなかでリュウトに代打を頼みました。皆さんもしないでくださいね。ちなみに毒性を持った動物では魔物を食べるなども考えたのですが、やはりここは身近な猛毒生物のフグかなと思ったのです。あとはわかりやすいかなと！

食といえば、先日ワニの手を食べる機会に恵まれました！　ゴムのように硬かったのですが、ただ不快な硬さではなくてお肉としても美味しかったです。

1巻でのドラゴン肉といい、ファンタジー世界のお肉とか食べてみたいなぁと憧れをもっていましたが、よくよく考えると地球でも結構モンスターっぽいのいるんですよね。現実では、まずはそちらから攻めていこうかなとワニ肉をもしゃりながら考えました。

次はクマ肉とか食べてみたいですね。あとはシャトーブリアンとか……高いですが。

ところで吸血鬼にとってのジビエって、何に該当するんでしょうね。

私たちにとっての牛や豚や鳥が、彼らにとって人の肉と仮定します。すると人と似ているのでサルとかゴリラとか……？

有識者の方がいらっしゃいましたら、ぜひご意見をいただければ幸いです！

本編の話に戻りますが、今回の話でサブメインのポジになっている一巻登場の吸血鬼サフィですが、彼女は吸血鬼にされてそんなに日が経っていないという、設定が重めのキャラクターです。

やはり吸血鬼は、人が噛まれてなるものです。1巻ではその部分が紹介できずだったのですが、人と吸血鬼の共生の話ではかかせないと思い、2巻ではやっと書けました。

吸血鬼は間違いなく怪物です。ただそれは人から見たらの話であり、当人たちからすれば自分が怪物である自覚はないでしょう。ましてや吸血鬼は人が噛まれて変わる姿です。吸血鬼になって時間が経ったならともかく、最初のうちは人間の感覚を忘れられないのではないでしょうか。

たとえば、寝ぼけて昼に外に出てしまって、蒸発してしまった吸血鬼とかあり得ると思っています。死に方が悲しすぎて化け物感ゼロですが。

ちなみに吸血鬼に弱点があるのは、たぶん退治出来る必要があったからでしょう。

日本の妖怪とかもですが、強い怪物はだいたい弱点があったりしますよね。ヤマタノオロチなら酒、河童なら頭の皿、鬼なら柊の葉とイワシの頭。吸血鬼にはニンニク、銀、太陽、流れる水、聖水……妙に多いですね吸血鬼。

なんか怪力・変身・再生能力などチート盛り過ぎたから、ゲームバランスの関係で調整した感じがします。ほら、ハイスペックのデメリットで、夜間しか使えないなどを付与する感じのやつです。

まあ吸血鬼が弱点なくなったら、たぶん世界中の人間が噛まれて世界が終わるので仕方なし。人の知能と遥かに優れた身体能力を併せ持つ怪物に、人が勝てる要素がないので結局のところ、吸血鬼は人が退治できる怪物である必要があるのでしょう。つまりはやられ役かもしれませんね。

そして嬉しいお知らせが！　コミカライズがヤングエースUPより連載決定です！

連載開始などの情報がWEBでご紹介できればと思います。

原作同様、コミカライズもぜひよろしくお願いいたします。

最後に、お世話になった皆様に感謝を。

イラストレーターのだいふく様、校正者様、デザイナー様、印刷会社様この書籍制作に携わってくださり誠にありがとうございます。

そして読者の皆様に最大限の感謝を！　やはり作品は読んでもらえるのがすごくモチベーションアップにつながります。WEBでも日々更新しておりますので、もし興味がありましたら見ていただけると幸いです。

二〇二四年四月　純クロン

著：純クロン

ややや物事を不安視するタイプ。
毎日、家を出た後に鍵を閉めたか不安になる……。
帰ったらいつも閉まっていて安心します。

イラスト：だいふく

はじめまして、だいふくと申します。
『弱点ゼロ吸血鬼』のイラストを担当させていただきました。
クロン先生の文章とともにイラストも楽しんでいただければ幸いです。

弱点ゼロ吸血鬼の領地改革　2

2024年4月30日　初版発行

著　純クロン
イラスト　だいふく

発行者　山下直久
編集　ホビー書籍編集部
編集長　藤田明子
担当　野浪由美恵
装丁　吉田健人（bank to LLC.）

発行　株式会社KADOKAWA
〒102-8177　東京都千代田区富士見2-13-3
電話 0570-002-301（ナビダイヤル）

印刷・製本　図書印刷株式会社

お問い合わせ
https://www.kadokawa.co.jp/（「お問い合わせ」へお進みください）
※内容によっては、お答えできない場合があります。
※サポートは日本国内のみとさせていただきます。
※Japanese text only

定価はカバーに表示してあります。

本書は、カクヨムに掲載された「弱点ゼロ吸血鬼の領地改革」に加筆修正したものです。

Printed in Japan
ISBN 978-4-04-737773-8 C0093